麦田阳光

美 丽 乡 村 助 读 书 系

乡村助读，让中国的乡村
从风景到精神愈加美丽。

麦田阳光

美丽乡村助读书系

乡村助读，让中国的乡村从风景到精神愈加美丽。

庄重的阅读

ZHUANGZHONG DE YUEDU

高洪波 顾问　陈彦玲 主编

曹文轩 著

山西出版传媒集团 山西教育出版社

图书在版编目（CIP）数据

庄重的阅读 / 曹文轩著. — 太原 ：山西教育出版社，2021.6

（“阳光麦田”系列 / 陈彦玲主编）

ISBN 978－7－5703－0447－9

Ⅰ. ①庄… Ⅱ. ①曹… Ⅲ. ①中国文学—当代文学—作品综合集 Ⅳ. ①I217.2

中国版本图书馆 CIP 数据核字（2021）第 009677 号

庄重的阅读

ZHUANGZHONG DE YUEDU

出 版 人　李　飞

选题策划　李梦燕

责任编辑　许亚星

复　　审　康　健

终　　审　李梦燕

装帧设计　王春声　薛　菲

印装监制　蔡　洁

出版发行　山西出版传媒集团·山西教育出版社

（太原市水西门街馒头巷 7 号　电话：0351－4729801　邮编：030002）

印　　装　山西基因包装印刷科技股份有限公司

开　　本　890×1240　1/32

印　　张　5.5

字　　数　84 千字

版　　次　2021 年 6 月第 1 版　2021 年 6 月山西第 1 次印刷

书　　号　ISBN　978－7－5703－0447－9

定　　价　25.00 元

根植乡野，眺望远方（代序）

李东华

把“美丽乡村助读书系”做成精品，为新时代新乡村新少年的成长助力，这个美好心愿，把出版者、策划人、作家、编辑聚集在一起，大家郑重其事地播下种子，然后怀着庄重而又快乐的心情，等待所有努力慢慢发芽。

我曾经有幸数次参加“我的书屋我的梦”乡村少年儿童阅读实践活动征文的评审工作，印象最深的就是2019年。面对从海量征文中初选出的近千篇作品，我油然而生一种“一夜好风吹，新花一万枝”的惊艳感。按照评委会要求，终评委们需要优中选优，再从中挑出几十篇最终获奖文章，这可让我犯了选择困难症，因为每一篇都像枝头迎着东风初绽的花朵，各有各的姿态，各有各的鲜妍，共同构成了蓬勃的春天，哪一朵都可爱得叫人不忍心舍弃。

但我想，我的这种“纠结”是一种喜滋滋的纠结——让人一下子就能感觉到，无论大江南北，全国各地乡村的孩子们，并不是仅仅某一地因为水土适宜而长势良好，而是齐刷刷地在拔节成长。这算是从空间这个维度的横向比较。再沿着时间轴纵向来看，我们可以清晰地感受到这几年的征文质量一年比一年高。从这些或长或短的文章中可以看出，孩子们的阅读内容越来越丰富了，小说、童话、诗歌，科幻、军事、历史、天文、地理……不同体裁不同领域，不论古今中外，凡属人类留下的智慧结晶，都在他们尚属稚嫩却又充满好奇的目光之内，都留下了他们求知和探索的小小脚印。

我想，也正是因为阅读的广博，让他们不管是生长于哪片偏僻的乡野，都能够从浩瀚的书海中汲取无穷无尽的滋养，获得世界性的视野。你能够从字里行间捕捉到一种“初生牛犊不怕虎”的淋漓元气，一种与周围世界、与他人、与自我对话时落落大方的自信表情，一种对祖国、对人类、对万事万物的真挚的爱。而这一切的呈现，又依赖于他们对于语言文字的日渐流畅的、自如的运用。

俗话说“熟读唐诗三百首，不会写诗也会吟”，阅读对于一个人写作能力的反哺，是这些征文给予我的第一个鲜明印象。

那些已初步呈现出汉语言之美的遣词造句，那些灵动的、智慧的表达，那些对于生活细节的敏锐、精准的描摹，那些既充满孩子气又闪耀着思想光芒的惊人之语，都无不让人生发“后生可畏”的赞叹。

所以说，尽管摆在眼前的是一篇篇无言的征文，却分明让人看到了征文背后所站立的那一个个活泼泼的、天真烂漫的孩子，看到了新时代乡村少年儿童因阅读的积累而敢于讲述的不一样的“中国故事”。

对于孩子和国家、民族的关系，已经有很多精辟的认识和论述。“孩子是祖国的花朵”，“孩子是民族的未来”，“少年强则中国强”。然而，如果希望孩子们能撑起国家的明天，他们首先要撑起自己的明天，而阅读则是他们撬动未来命运的支点。“忠厚传家久，诗书继世长”，这是在中国乡间最常见的对联，一代又一代的人家将它贴在大门上，可见在我们民族的潜意识中，书籍和人品是支撑一个国、一个家千秋万代延续下去的两根最坚实的立柱。将这样的对联贴在家门上，贴在最显眼的地方，就是在每时每刻提醒每一个人。我想这是一个有着五千年璀璨文明的民族最智慧的共识。而要把这一共识真正落到实处，最需要着力的地方就是乡村了。

相比于有父母督促而阅读环境更优越的都市孩子来说，乡村孩子的阅读可能更需要政府、社会的引领，尤其是数千万父母不在身边的留守儿童，阅读既是他们获取知识的有效途径，更是滋养他们心灵的精神引领。

我常常想，一个人需要有自己的书柜，一个家庭需要有自己的书房，一个城市需要有自己的公共图书馆，那么一个乡村，当然更需要有自己的书屋。

阅读“‘阳光麦田’美丽乡村助读书系”这套小书，对孩子们来说，能够得到的是思想和精神上潜移默化的熏陶和滋养。而持续地写作、出版一些适合乡村孩子阅读的好书，让这些书在助力乡村少年儿童阅读方面发挥作用，无疑是功在当代，利在千秋的事业——我们不妨来个小小的假设，全国有六十多万个乡村，假设每个乡村书屋中的书籍，能够像投入湖心的石子，哪怕只在十个孩子的心中荡起涟漪，那么全国就会有六百多万个乡村孩子从阅读中受益。

美丽乡村既要实现生态意义上的“绿水青山”，也要构建精神层面的“绿水青山”，从这个意义上讲，用优质图书和阅读协助、帮助、辅助乡村阅读，繁荣乡村文化，是建设美丽乡村的有效路径。

面对这些适合乡村少年儿童阅读的文字，我似乎可以看到，未来的他们，因今天的阅读引领而描绘出自己的梦和憧憬。

这些梦，将根植于他们生活的山乡旷野，更将呼应着远方的星辰大海。

目 录

杂文

小说

麦田阳光

杂文

ZAWEN

前　　方

一辆破旧的汽车临时停在路旁。它不知来自何方。它积了一身厚厚的尘埃。一车的人，神情憔悴而漠然地望着前方。

他们去哪儿？归家还是远行？然而不管是归家还是远行，都基于同一事实：他们正在路上。归家，说明他们在此之前，曾有离家之举。而远行，则是正在进行的离家。

人有克制不住的离家的欲望。

当人类远未有家的意识与家的形式之前，祖先们是在几乎无休止的迁徙中过活的。今天，我们在电视上，总是看见美洲荒原或非洲荒原上的动物大迁徙的巨大场面：它们不停地奔跑着，翻过一道道山，穿过一片片戈壁滩，游过一条条河流，其间，不时遭到猛兽的袭击与追捕，或摔死于山崖，或淹死于巨流。然而，任何阻拦与艰险，也不能阻挡这声势浩大、撼动人心的迁徙。前方在召唤着它们，它们只有奋蹄挺进。其实，人类的祖先也在这迁徙中度过了漫长的光阴。

后来，人类有了家。然而，先前的习性与欲望依然没有寂灭。人还得离家，甚至是远行。

外面有一个广大无边的世界。这个世界充满艰辛，充满危险，然而也显得丰富多彩，富有刺激性。外面的世界能够开阔视野，能够壮大自己。它总在诱惑着人走出家门。人会在闯荡世界之中获得生命的快感或满足按捺不住的虚荣心。因此，人的内心总在呐喊：走啊走！

离家也许是出自无奈。家容不得他了，或是他容不得家了。他的心或身抑或是心和身一起受着家的压迫。他必须走，远走高飞。因此，人类自有历史，便留下了无数逃离家园、结伴上路、一路风尘、一路劳顿、一路憔悴的故事。

人的眼中、心里，总有一个前方。前方的情景并不明确，朦胧如雾中之月，闪烁如水中之屑。这种不确定性，反而助长了人们对前方的幻想。前方使他们兴奋，使他们冲动，使他们陷入如痴如醉的状态。他们仿佛从苍茫的前方，听到了呼唤他们前往的钟声和激动人心的鼓乐。他们不知疲倦地走着。

因此，这世界上就有了路。为了快速地走向前方，为了能走向更远的地方，就有了船，有了马车，有了我们眼前这辆破旧而简陋的汽车。

路联结着家与前方。人们借着路，向前流浪。自古以来，人类就喜欢流浪。当然也可以说，人类不得不流浪。流浪不仅是出于天性，也出于命运。是命运把人抛到了路上，是所有的人——形而上一点说。因为，即便是许多人终身未出家门，或未远出家门，在他们内心深处，依然有无家可归的感觉，他们也在漫无尽头的路上。四野茫茫，八面空空，眼前与心中，只剩下一条通往前方的路。

人们早已发现，人生实质上是一场苦旅。坐在这辆车里的人们，将在这样一辆拥挤不堪的车里，开始他们的旅途。我们可以想象：车吼叫着，在坑洼不平的路面上颠簸，把一车人摇得东歪西倒，使人一路受着皮肉之苦。那位男子手托下巴，望着车窗外，他的眼睛里流露出一个将要开始艰难旅程的人所拥有的惶惑与茫然。钱锺书先生的《围城》中也出现过这种拥挤的汽车。丰子恺先生有篇散文，也是专写这种老掉牙的汽车的。他的那辆汽车在荒郊野外的半路上抛锚了，并且总是修不好。他把旅途的不安、无奈与焦躁不宁、索然无味细细地写了出来：真是一番苦旅。当然，在这天底下，在同一时间里，有许多人也许是坐在豪华的游艇上、舒适的飞机或火车上进行他们的旅行的。然而，他们的心情就一定要比在这种沙丁鱼罐头一样的车中的人们要好些吗？如果我们把这种具象化的旅行，抽象为人生的旅途，我们不分彼此，都是苦旅者。

人的悲剧性实质，还不完全在于总想到达目的地却总不能到达目的地，而在于走向前方、到处流浪时，又时时刻刻地惦念着正在远去和久已不见的家、家园和家乡。就如同一首歌唱到的那样：回家的心思，总在心头。中国古代诗歌，有许多篇幅是交给思乡之情的："日暮乡关何处是？烟波江上使人愁。"（崔颢）"近乡情更怯，不敢问来人。"（宋之问）"还顾望旧乡，长路漫浩浩。"（《古诗十九首》）"家在梦中何日到，春来江上几人还？"（卢纶）"不知何处吹芦管，一夜征人尽望乡。"（李益）"未老莫还乡，还乡须断肠。”（韦庄）……悲剧的不可避免在于：人无法还家；更在于：即便是还了家，依然还在无家的感觉之中。那位崔颢，本可以凑足盘缠回家一趟，用不着那样伤感。然而，他深深地知道，他在心中想念的那个家，只是由家的温馨与安宁养育起来的一种抽象的感觉罢了。那个可遮风避雨的实在的家，并不能从心灵深处抹去他无家可归的感觉。他只能望着江上烟波，在心中体味一派苍凉。

这坐在车上的人们，前方到底是家，还是无边的旷野呢？

荷

一条用碎石铺成的斜街，两侧是长满苔藓的房屋，很古老的样子。一个人背负着巨大的柳筐，筐中装满了瓦罐，正沿街艰难地走着。他的背弯成几近九十度。眼前的空间里就是这样一个背影。此刻，我们所注意的不是这个人——实际上，我们也无法注意到，因为我们能看到的仅仅是他迈动的双腿。充塞我们视野的是那个巨大的被荷物。我们看到的是一个事实，一个普在人间的动作：荷（hè）。

他也许是一个青年，也许是一个中年，也许是一个老年。那张面孔也许是冷峻的，也许是和善的，也许是无奈的，也许是欢乐的。此刻，他的脸色也许被血液所涨红，额上满是汗珠，淡蓝的热气正袅袅飘向高远的天空；也许是灰暗的、干燥的——已流不出汗来了，犹如一张已经陈旧的纸，一枚被风干了的柚子；也许什么颜色也不是，就是那样一种颜色，一种我们谁也无法说得清楚的颜色。这些瓦罐也许随着一路的吆喝声，被他一只一只地卖掉；也许是被背到遥远的集市上去，夹在各式商贩中间，再被兜售。他的僵硬的手将会得到一份一份的微薄的收入。他也许在想：我要用这些钱给妻子买一块红如霞光或蓝如深秋天穹的头巾。他也许在想：我要用这些钱给女儿买一只世界上最漂亮的书包，让她背着它于三月阳光下的街上，一脸幸福地走过。他也许在想：我要用这些钱为年迈的老父买一副眼镜，让世界向他老人家清晰地重现夏天夜空之流星，清晨飞翔林间之小鸟……他也许在想：这些钱又能使我去沽几壶酒，好让我烂醉于田陌街头。……他背着生存的希望。

谁的人生又不是如此？我们都在背负着什么，只不过是在不同层次上罢了。背负着生活，背负着传统，背负着文化，背负着道德，背负着责任，背负着良心的自律……人的一生，是于重压之下艰难行走的一生。现代人感到了这些背负所带来的身与心的疲惫，不能忍受，企图摆脱它，于是，出现了价值观崩塌的景象。人们像逃离法网一样，逃脱了这些背负。然而，当他们面对空虚时，他们却感到了更大的压力。米兰·昆德拉太深刻了，他告诉人们，这世界上最沉重的东西，不是高山，不是大河，却是空无。生命中最不能承受的恰恰是那份什么也没有的“轻”。人的命运就这样地被注定了：是人就必须背负。

也许背负才显出了生命的意义与存在的价值。这位荷物者，在碎石铺就的路上，往前行走。这个形象留给我们的不仅是一份艰辛，一份悲哀，也留给我们一份坚忍，一份纯朴的美感。人类今天拥有这样一个世界，不就是靠了一代又一代人的背负吗？长城、金字塔……这个世界是因人类背负而创造。上苍给了这个仅仅有太阳、月亮、空气与水的世界之后便去遨游了，当他终于有一天回来，看到这颗星球上居然有了文化，居然有了那样多那样多人造的景观，他面对着成千上万人的背负，目光里会流露出什么呢？难道会没有惊诧吗？

这个背负者在我的目光里永远地朝前走着。

那个说故事的人已经去了天堂

让我从我的父亲说起——

我父亲在我们那个地方上处在崇高的、他人无可取代的位置。原因除了他为人正直、公道、讲理、智慧、对世界有悲悯之心之外，还因为他能说——说理、说事。他很好地诠释了“以理服人”这句话。你听他说理，会有心智的满足。母亲谈起他说理的能耐，说他可以将死人说活。而他说事的能力也令人叹为观止。他一旦出现在他的同事和乡亲们面前，就会像一块强劲的磁铁将他们统统吸引过来——他们要听他说故事。他说故事似乎是不经意的，神态自定，不以表情和肢体语言加以呼应和配合，而纯粹以故事本身的魅力吸引众人。那时，所有人都聚精会神地听着，不发一声响，唯恐漏掉一个字，四周就只剩下无边无际的安静。

父亲使我在很小的时候就感知到了故事的魅力和说故事的艺术。如今，他已作古，作为他的传人，我成了另一个说故事的人——当然，不是以他的方式在说，而是以我的方式——小说的方式——在说。他是一个说故事的人，而我是一个说故事的作家。

那年春天，我说了一个名为《青铜葵花》的故事。它是我在生活经验的基础上加上想象而形成的一个故事。这个故事有点儿凄美。后来，它变成其他文字，飘然而去，去了这个世界上很多地方：巴黎、伦敦、柏林、罗马、纽约、布加勒斯特、首尔，以及广大的阿拉伯地区……我说了很多很多故事。

人类生活从一开始，只要它是动态的，就总会有事情发生。我们可以将“事情”定义为：顺时序发生的一个又一个事件，它既指在人类社会内部发生的事件，也指人类所看到的在自然界发生的事件，还指自然界与人类社会交汇时所发生的事件。我们在这里之所以使用“事情”这个概念而没有直接使用“故事”这个概念——如通常所说的“生活中天天发生着故事”——是因为我们认为故事已经进入创作状态，不再是客观事实；事情是指原初的事件。

事情与故事虽然不同，但事情变成故事，只需一瞬。一个人被一辆车所撞，亡于路上，你当时在场，是一个目击者——你亲眼看到了这一事件的发生。但当你一转身离开了这个现场，然后去对他人复述这一事件的时候，你实际上已经在讲一个故事。因为，你只是凭一种记忆、一种印象在呈现这一事件，而你的记忆与印象是根本无法做到与这件事完全重叠的——你已不自觉地在对这件事做一种强调或者一种弱化的处理。对那场车祸，你的所谓复述，已经是一次创作，而受述者再转过身去面对又一个受述者时，肯定无疑，会是又一次创作——二度创作。而受述者的不同，还可能使同一个讲述者将这同一个车祸讲述成各种样子。如果受述者是一个柔弱的少女，我们假定讲述者是一个中年男性，他会因为少女流露出的恐惧神情而获得快意，于是把这场车祸讲得更加血肉模糊；如果受述者是一个听觉失灵的老者，这个讲述者可能懒得理会这个老者，但出于对这个爱打听事的老者的尊敬，他就会用极简略的语言，很勉强地向这个老者讲述这场车祸；如果受述者是一个很小的孩子，这个有责任感的讲述者想到自己不宜向这么一点大的孩子讲述过于残忍的场面，就会将一场车祸几乎讲述成一件小小的碰撞事件，其毫不严重的程度犹如那个孩子曾经骑着童车撞倒了一个无足轻重的凳子。有一千个讲述者，就会有一千种车祸；而有一千个受述者，就会又增加一千种车祸。然后是第一轮讲述活动中的受述者变成讲述者去进行第二轮的讲述活动……这种无止境的讲述，到了后来，可能完全失真，而把这件事所有的信息丢失殆尽。从这个意义上讲，在日常状态里，这条发生交通事故的公路上，永远也不能出现负责调查这起交通事故的交通警察，我们永远也读不到真实的记录，我们都只是一个又一个的说故事的人。

表现创作欲望，或者说表现一种叙事能力，是一种社会的需要。农村人家选择女婿，其中一条往往就是女婿要能说会道，要在讲一件事情时有声有色、十分动听。在民间笑话中，有许多是挖苦捉弄拙嘴笨舌的女婿的……从这种种原因来看，事情变成故事，简直是不可避免的。

有运动就有事件，而有事件就有故事。故事先于文字而产生。创作故事是一种先天性的欲望，而听故事也是一种先天性的欲望——一种强烈的欲望。“故事在远古时代就已经出现，可以追溯到新石器时代，以至于旧石器时代。从当时尼安德特人的头骨形状，便可判断他已听讲故事了。”我们从中国的那尊有名的“说书俑”陶塑那神采飞扬的样子，看出的却是那些听书人的入迷神情。《一千零一夜》中，机智勇敢的山鲁佐德正是利用故事的魅力，从暴君的屠刀下救下了一个又一个无辜的少女。听故事的欲望，鼓舞了说故事的人，使他们总在考虑，如何更好地去说故事。说故事人之间开始了无形的竞争——这样，故事离小说、童话也就越来越近了。

有故事必有小说。我们既可以说故事与小说有本质的不同，也可以说故事与小说只有一步之遥。我们根本无法断定小说的历史究竟是从什么时候开始的，其原因也正在于最初从故事到小说的演变，它们两者之间的区别是十分模糊的。小说到了后来，才有了自己的模式。

真正意义上的小说与故事在修辞方式上确实有很大的不同。故事的修辞意识几乎是没有的——大多数情况之下，是一种无意识的修辞。即使修辞，也是一种民间艺人的修辞。小说的修辞则是有意识的，甚至可以说，小说就是一种修辞。小说家通过修辞，改变了故事，并实现了各种后来确立起来的美学原则。小说家的创作快感往往就在修辞上。通过遣词造句，他看到了他愿意看到的景观正一点一点地呈现出来，他所期望的美学趣味正一点一点地在字里行间流露出来。这种修辞是文人的修辞——也许这一点，是小说与故事的最要紧的区别——小说的叙述者与故事的讲述者是两种身份完全不同的人。尽管有些小说家企图抹杀“文人”的叙述形象，而采用“民间艺人”的形象，但只要他写出的东西能够被我们称之为“小说”，那么他的那种看似非文人的修辞在实质上就还是文人的修辞。

小说与故事在结构方式上的不同，也显而易见。越是后来的小说，就越是不同。小说讲究结构的灵活性，并把这种灵活性看成是一种艺术性。

但，我们即使一眼就看出了小说与故事的区别，我们还是无法回避一个事实：故事是小说的前身，小说无法彻底摆脱故事，小说必须依赖故事。故事是“小说这种非常复杂肌体中的最高要素”。尽管福斯特从内心希望小说的“最高要素不是故事，而是别的什么东西……是悦耳的旋律，或是对真理的领悟”，但实际上根本做不到，小说还得老老实实地将故事作为自己的基本面。现代派小说对故事的深恶痛绝与坚决唾弃，无非是对故事的更大胆的切割与肢解。而它一旦真的让人完全看不到故事时，也就不会再被人看成是小说了。故事是小说的本性之一——本性难改，改了也就不是小说了。

小说离不开故事，而只要有故事，就一定会有小说。小说是那些杰出的叙事家在对故事有了深刻领悟之后的大胆而奇特的改写。故事随时都可能被一个强有力的叙事家演变成小说。故事与小说的这种关系是无法解除的，是一种生死之恋。小说虽然在后来的演变中逐步有了自己的一套作法，甚至有了较完善的理论，但由于它本就是故事的演进，因此，故事总要包含于其中。现代派在发现摆脱故事实属徒劳之举之后，反而出现了回归故事的倾向。小说又有了新的风气，不再贬低故事以及故事性，而较有高度地重新解释故事与故事性的意义：为什么说一个精彩的故事不会同样创造很高的美学价值呢？

何止是美学价值，故事实际上就是存在状态的折射。一个被看成是精彩故事的故事，一定是因为它完满地呈现了存在的状态。反过来说，当你对存在状态有了透彻感受并可以按你希望的样子将其呈现出来时，一定意味着一个精彩的故事诞生了。

现在我来推测一下《青铜葵花》在版权输出方面取得成功的原因——事实上，它不只是被多个国家购买，只落得个版权已经输出而却如棉花丢进水中一样毫无反响的名头。出版后，它已经被不同国度的读者所接受和认可。它的各语种版本都有不错的销量，并获得多项文学奖；在美国上市仅仅半年，就进入“科克斯奖”短名单，然后陆续登上《纽约时报》排行榜、《华尔街日报》排行榜，被《出版者》评为2017年优秀作品，接着再获“弗里曼图书奖”文学金奖。如果这算得上表现不俗的话，那么原因何在？简单来说，是因为它讲了一个不俗的故事，同时讲故事的方式同样不俗。

这些年我一直在思考一个问题：怎样的小说才算得上是好小说？我的标准是：经得起翻译。那么，又是什么样的小说才经得起翻译呢？我的答案是：讲了一个品质上乘的故事的小说。

从前，我们将语言看得至高无上。中国的朋友们也许都知道，我对语言非常非常在意。我对自己说，你要对每一个句子负责。但我不赞成语言至上论——至少在小说这儿。我们显然将语言的功用夸大了。是的，我讲究语言，可是这样的讲究，只是在我的母语范畴。如果我的作品翻译成英语、法语、德语、意大利语或日语，我在汉语中追求的那一切，比如神韵、节奏、凝练和所谓韵味，还能丝毫无损地转移吗？大概很难。即使翻译水平再高，对你在语言方面的追求再心领神会，都是难以做到的。他只能做到“尽量”。如果翻译之后的作品，依然会在语言上让与他使用同样语言的读者称道，由衷地赞美作品的语言，那其实是在赞美那个翻译者的语言能力。托尔斯泰的作品翻译为汉语之后，我们其实已无从知晓他在俄语方面的独到运用和美学追求。但，我们在阅读了他的那些巨著之后，丝毫也没有影响我们从心灵深处认定他是一位光芒四射的文学大师，是一座耸入云霄的文学高峰。作品翻译成汉语，托尔斯泰还是托尔斯泰，也许因为语言的转换，损失了一些，但这些损失不足以毁掉一位大师。那么，是什么保证了在语言转换后的托尔斯泰还是托尔斯泰呢？是因为他给我们讲了一个辽阔宏大的俄罗斯故事。那些富有物质感的故事并没有因为从俄语世界转换到汉语世界而缺失。“娜塔莎将要第一次参加社交活动，心潮澎湃。而因为时间仓促，来不及给她准备一套礼服，家人只能请女佣们将母亲的一件衣服加以改动。就在她穿着这件还在缝制过程中的衣服时，父亲出现了，她一时忘记了女佣们还跪在地上为她缝制裙边，激动地跑过去要亲吻父亲，将还没有缝好的裙边又扯开了。”这个细节，或者说这个事实，无论怎么翻译，都不会因为语言的转换而改变。

所以，我要好好讲故事。那些深刻的题旨，那些栩栩如生的人物，暗含在和活在故事中，所有一切你希冀达到的，其实都离不开一个有品质的故事。

感谢父亲在我小时于潜移默化中培养了我对故事和讲故事的喜爱。他的那些故事，也成了我写作财富的重要部分。他走了，也许此刻他正在流水潺潺、鸟语花香的仙境讲故事——既然是仙境，就不能没有故事。

一面现代，一面古老

日本人称浴室为“汤”，还留着古汉语的意味。可供洗澡的温泉也可称作“汤”。

日本到处都有汤。这个民族是一个爱泡澡堂、爱泡温泉——喜欢入汤的民族。我在东京时，坐京王井之头线，从井之头寓所往驹场的东大教养学部去，一路上，就见到了好几家汤。其中有一家，在烟囱上赫然醒目地写着“大黑汤”三个字。我每次看到，总在心中窃笑。问一个在弹子房打工的朋友这汤怎么叫这么个名字，他说日本人爱用姓氏做铺子、饭馆和公司的名字，这个浴室是一个叫大黑的人家开的，于是便成了大黑汤。他说，他去过这家浴室，是间很不错的浴室，并问我：“你是否也去泡一泡大黑汤？”我说：“还是你去泡这个大黑汤吧，我要泡，我家周围有的是汤。”除了汤，东京街头那种投币浴室更是比比皆是，多得快赶上电话亭了。一天二十四小时，你在任何时候都可以使用它们，只要往里投一百日元，就可以冲洗五分钟；倘若你想多冲洗一会儿，彻底痛快一下，往里续钱便是。

日本人澡洗得很勤，与中国人“常洗澡会伤身”的观念完全相反。即便是洗得那么勤，每次洗也还是洗得十分认真，绝不敷衍了事一洗了之。他们先是将身子冲洗一通，然后下浴池浸泡，等身体泡红了，额上大汗淋漓时，便出来。墙上有大镜子，有矮矮的冷热水管，有水桶木勺之类的盛具，还有矮凳。你可坐下，面对镜子，伸腿举臂，慢慢地搓擦，不时地冲洗。像做其他任何事情一样，日本人搓擦绝对是一丝不苟的。这中间，他们自然会不时地瞧一下镜子，观赏一下那个因为搓擦而显得肤色健康的肉体，此时，如果是一个中国人，他大概会因为见到自己赤裸着的身体而略感羞涩的。但日本人全无这种感觉。他们对身体的裸露以及亲朋好友面对面时的互相裸露，是毫不在意的。搓擦暂且告一段落之后，他们会再度下浴池浸泡。这时，可能会换一个水温更高的池子，将浸泡的快感再推上去一程，然后再搓擦，再浸泡，循环往复，得有好几个来回，功夫用得很深。直洗到如释重负、一身轻飘，方肯出浴。

其实，日本人家，几乎家家都有冲洗、浸泡设备的。但还是有很多人往浴室跑。其中，日本的家庭妇女——那些大嫂们，似乎更乐意来到浴室。她们将净身与聚会合在了一起，居然觉得浴室是个绝好的去处。日本有一个绝大的闲散阶层，这便是数以万计的家庭妇女。日本又是一个现代化的社会，人际关系变得比较淡漠。那种失群的孤独深植于人心，而脱出社会闲守家中的妇女，其孤独感尤甚。人从本性上讲是难以甘于独在的，人离不得人群。这些大嫂们于这热气腾腾的浴室之中相见，且又是一丝不挂、绝对“坦诚”，这对她们来说，未必不是一件快意之事。她们一边说着话，一边互相搓擦，在如此氛围之中，又加上肉体之舒适，她们的心境是如何之好，便也可想而知了。听朋友们说，这种浴室亲谈，对一些大嫂们来说，已成为生活中一种必不可少的活动，具有挡不住的诱惑，到时，是一定要来、非来不可的。

日本这个国家的迷人之处在于，一面很现代，一面却又把“古老”很完好地保存了下来。日本人的生活充满了“从前感”，历史没有简单地变为不断消亡又不断新生的线性，现在里头既有现代又有古老，两者共存不悖，相得益彰，既满足了人的求新欲，又满足了人的好古心。在汤这方面，也是如此。日本古代人就好汤。看日本古代小说，常见入汤的优美文字。而如今，大浴室不仅保留了下来，甚至在某些地方，还保留了从前的入浴方式，比如男女不分共在一池。不知为什么，我对此一点，并不感惊讶。人在性别上那么在意，那么神秘，那么鸿沟难越，实在是现代文明的恶果。男女共池，人情融融，如此的坦然，反而使不洁的念头无地存生。也有些地方的浴室，做了些改革，男女被隔，但又不是封闭性的全隔。我在日本电视里看到过一家浴室，中间有一道隔板，并不全隔住，至少是浴室的那个照料客人的人，可以随意看他（她）们。只见他高高坐在隔板的一端，俯瞰全景，其状使人想起排球比赛时那个目光忙不迭地观察着两侧的裁判员。

日本人的清洁，举世公认。而人若要清洁，必得有汤，唯有汤才能使人变得清洁，也才能使人从心里感受到清洁。汤将这岛国洗濯得清清爽爽。我读郁达夫写日本的散文，记得有那么一段：他乘船归国，在离开日本最后一个码头时，惜别之情顿生，扶栏眺望，只见和煦的春阳之下，几个妓女正在打扫门前，她们一个个绝无一丝秽气，皆湿润、嫩白。那情景使他几乎落泪。那时，我就想到了汤。没有无处不在的汤，大概便没有如此一幅风景。读《源氏物语》，写到那些王公贵族或大家闺秀，总不免要写到汤。源氏公子每逢要做花前月下的浪漫故事，必先沐汤，然后换上新衣，并薰香，这样行在幽会的路上，从身到心，都感清新。而那些女子每逢见到这样一个干净的源氏，心中都不免欢喜一团。而源氏对那些女子最感兴趣的似乎也是浴后的她们所拥有的出水芙蓉般的新鲜与娇嫩。汤不但给了日本人清洁，还给了他们一番好心情。一代一代，日本人竟有点嗜汤如命了，汤成了他们存在的一个不能空缺的条件。曾几次翻译过我的作品并将它们集成一册的中由美子女士，前年到北京来，住在一位中国朋友家。这位朋友家偏偏无汤，刚住了两天，美子女士就感到不适。那位朋友在日本住过，知道这个缺憾对日本人来说简直是最大的缺憾，那天就打电话来我家，问我家是否可以洗澡。一九九五年神户大地震，火海一片，好端端一个城，几乎整毁，许多人家被此一震，转瞬间便一无所有。记者赶到现场，问那些站在废墟上的日本人："请问，你们现在最需要的是什么？"几乎所有的人都异口同声："汤。"道路不通，一切都无法运进，于是，政府很快弄了几只特大的船，日夜兼程，从海上开到神户。船上突击安装了洗澡设备——其他一切暂且都不去管它，先为那些不能一日无汤的日本人解决洗澡问题。当那些绝望的日本人出汤之后，那副意气风发的样子简直在告诉世人：汤挽救了一个毁灭的神户。

倘若中国的食文化可大做文章，那么，日本的汤文化则亦可大做文章。中国人招待宾客，往往是请他们吃一顿；而日本人招待宾客，常常是请他们去洗温泉。

大概就是温泉养成了日本人好汤的习性。日本的温泉实在是多，几乎到处都有。一家电视台专有一个节目，是介绍日本列岛各处的温泉的。主持节目的是一个半大的老头子和一个少妇。他们两人一唱一和，将那些温泉一一介绍于人。这些温泉或在一片稻田中间，或在一片落叶松的林子里，或在海边上，或在半山腰，或在人家的后院。每介绍一处，他们还亲自下汤。那少妇略显羞涩，而那老头则十分幽默可爱，一边孩子一般埋入泉水，一边对那泉水以及身体的惬意赞不绝口。有时两人还在泉中天真嬉闹，造出一派情趣。

我们一家在日本时，曾几次被东京大学的先生们以及其他日本友人请去洗温泉。印象深的有两回。一回是去伊豆半岛。安排住下之后，大家很快就脱掉衣服，穿上早准备好的和式浴衣，套上木屐，然后沿一条长长的走廊往温泉去——温泉就在旅馆里。这旅馆实际上就是因温泉而建的。日本的许多旅馆都是如此。这家旅馆的温泉不错，以往，东大的先生们请客人们洗温泉，也常到这家旅馆来，与旅馆的主人似乎都熟悉了。泉水在靠石壁那一侧汩汩而出，池中的水于是就显得十分铺张，不住地漫过池沿，像瀑布一般泻到石板地上，不知流向了何处。泉水不浑不清，没有异味，只微带一些硫黄气息。身体浸入后，就觉得那泉水似乎比一般的水稍有些重量。它们流动着，包裹着你的肉体；用手抚摸身体，略有油腻之感。闭目细品，仿佛觉得那泉水可浸入皮肤，渐入筋肉，渐入骨髓。照日本人反复出入、反复搓擦的方式，来回几次之后，身体略感疲乏，就洗得差不多了，于是用稍凉一些的清水从头到脚冲洗一遍，这时，身体微微打一激灵，随即就有了蝉蜕之感，身体就轻飘起来。擦干身体，穿上浴衣，一路往房间走时，觉得步伐很轻松。到了房间，你便可随意横躺于榻榻米，四肢舒张，静享浴后身体的舒适。约过了四十分钟，年轻的清水先生来说："请曹先生一家用餐。"并不换衣服，仍穿和式浴衣，又走过几曲走廊，来到一厅，只见一长溜矮桌之上，已放满红红的大蟹、玉质般的活虾以及各种海鲜。此等美食，在浴后见到，其好感自然远超平常。

另一回洗温泉，是在冬季。这年，东京一带连下大雪。据日本友人讲，这是几十年来未遇的大雪。一位友人驾车来接我们一家周末去箱根一带洗温泉。这温泉竟然是在半山上，且又是露天。日本人称这为"露天风吕"。这四个字在语感上，就有一种让人说不清的意境。入汤时，已是在夜晚。逼人的寒气中，那似乎永远的温泉，在飘散着雾样的热气。赤身处在热流之中，而四周却又是寒冷的冬夜，那种感觉是前所未有的。放眼望去，只见寂静的夜空下，眼前是一座座连绵不断的银蓝色的大山。再往前远眺，就只有苍茫一片了。也许那边是无涯大海了。这景色竟然使人一时无语，于是只静静地浸泡在泉水中，默默凝眸。不知从什么时候开始，飘起雪花来。那雪花飘得很轻，落进泉水，无声地融化了。在极遥的群山里，隐隐传来一两声鸟鸣，使得眼前的一切，忽然变得异常幽远。泉水在颤动，你微微有点倦意，于是就觉得整个大地在轻轻晃动。雪又不知是什么时候停住的。有一牙新月，从山那边升起来。落了新雪的山，此时变得明亮，明亮到你似乎看见远处山谷中飘散着的硫黄烟，朦朦胧胧，扑朔迷离。再仰望天空，你突然感觉到你离天从未有过这样的近。

许多人离去了，然而我却不肯出汤，静穆地观望，竟在心中油然暗吟出一首诗来：

温泉活火看寒雪，

美人清流两不缺。

若问还有佳境处，

独在宵汤望新月。

《草房子》写作札记

【因水而生】

我的空间里到处流淌着水，《草房子》以及我的其他作品皆因水而生。

“我家住在一条大河边上。”这是我最喜欢的情景，我竟然在作品中不止一次地写过这个迷人的句子。那时，我就进入了水的世界。一条大河，一条烟雨蒙蒙的大河，在流动着。水流汩汩，我的笔下也水流汩汩。

我的父亲做了几十年的小学校长，他的工作是不停地调动的，我们的家是随他而迁移的，但不管迁之何处，家永远傍水而立，因为，在那个地区，河流是无法回避的，大河小河，交叉成网，因而叫水网地区。那里人家，都是住在水边上，所有的村子也都是建在水边上，不是村前有大河，就是村后有大河，要不就是一条大河从村子中间流过，四周都是河的村子也不在少数。开门见水，满眼是水，到了雨季，常常是白水茫茫。那里的人与水朝夕相处，许多故事发生在水边、水上，那里的文化是浸泡在水中的。可惜的是，这些年河道淤塞，流水不旺，许多儿时的大河因河坡下滑无人问津而开始变得狭窄，一些过去很有味道的小河，或是被填平成路，或是成了房基或田地，水面在极度萎缩。我很怀念河流处处、水色四季的时代。

首先，水是流动的，你看着它，会有一种生命感。那时的河流，在你的眼中是大地上枝枝杈杈的血脉；流水之音，就是你在深夜之时所听到的脉搏之声。河流给人一种生气与神气，你会从河流这里得到启示。水的流动在形态上也是让人感到愉悦的。这种形态应是其他许多事物或行为的形态，比如写作——写作时我常要想到水——水流动的样子，文字是水，小说是河，文字在流动，那时就是一种非常惬意的感觉。水的流动还是神秘的，因为，你不清楚它流向何方。白天黑夜，它都在流动，流动就是一切。你望着它，无法不产生遐想。水培养了我日后写作所需要的想象力。回想起来，儿时，我的一个基本姿态就是坐在河边上，望着流水与天空，痴痴呆呆地遐想。

其次，水是干净的。我想，水就是来净化这个世界的。水边人家是干净的，水边之人是干净的。我总在想，一个缺水的地方，是很难干净的。只要有了水，你没法不干净，因为你面对水时如果肮脏，就会感到不安，甚至会感到羞耻。春水、夏水、秋水、冬水，一年四季，水都是干净的。我之所以不肯将肮脏之意象、肮脏之辞藻、肮脏之境界带进我的作品，可能与水在冥冥之中对我的影响有关。我写作有一种“洁癖”。

再次，是水的弹性。我想，这个世界上再也没有比水更具弹性的事物了。遇圆则圆，遇方则方，它是最容易被塑造的。水是一种很有修养的事物。我的处世方式与美学态度里，肯定都有水的影子。水的渗透力，也是世界上其他任何一种物质不可比拟的。风与微尘能通过细小的空隙，而水则能通过更为细小的空隙。如果一个物体连水都无法渗透的话，那么它就是天衣无缝了。水之细，对我写小说很有启发。小说要的就是这种无孔不入的细劲儿。水也是我小说的一个永恒的题材与主题。对水，我一辈子心存感激。

作为生命，在我理解，原本应该是水的构成之一。

我已经习惯了这样湿润的空间。现如今，我虽然生活在都市，但那个空间却永恒地留存在了我的记忆中。每当我开始写作，我的幻觉就立即被激活：或波光粼粼，或流水淙淙，一片水光。我必须在这样的情景中写作，一旦这样的情景不再，我就成了一条岸上的鱼。

水养育着我的灵魂，也养育着我的文字。

《草房子》也可以说是一个关于水的故事。

【小说与诗性】

这个话题与上一个话题相联。“小说与诗性”——在创作《草房子》的前后，我就一直在思考这一命题。

何为诗性?

这是一个难以回答的问题。事情就是这样：一样东西明明存在着，我们在意识中也已经认可了这样的东西，但一旦当我们要对这样东西进行叙述界定，试图做出一个所谓的科学定义时，我们便立即陷入一种困惑。我无法用准确的言词（术语）去抽象地概括它，即使勉强地概括了，十有八九会遭质疑。造成这种状况的原因，我以为主要是因为被概括对象，它们其中的一部分处于灰色的地带——好像是我们要概括的对象，又好像不是。正是因为有这样的事实存在，所以我们在确定一个定义时，总不免会遭到质疑。

几乎所有的定义都会遭到反驳。

这是很无奈的事情。我们大概永远也不可能做出一个绝对的、不可能引起任何非议的定义。

对“诗性”所下的定义，可能会是一个更加令人怀疑的定义。

我们索性暂时放弃下定义的念头，从直觉出发——在我们的直觉上，诗性究竟是什么？或者说诗性具有哪些品质与特征？

它是液态的，而不是固态的。它是流动的，它是水性的。“水性杨花”是个成语，通常形容某些女子的易变。这个词为什么不用来形容易变的男人？因为水性杨花还含有温柔、轻灵、飘荡等特质，而所有这些特质都属于女性所有——我说的是未被女权主义改造过的女性——古典时期的女性。

诗性也就是一种水性。它在流淌，不住地流淌。它本身没有形状——它的形状是由他者塑造出来的。河床、岔口、一块突兀的岩石、狭窄的河、开阔的水道，是所有这一切塑造出了水的形象。而固态的东西，它的形象是与它本身一起出现于我们眼前的，它是固定的，是不可改变的，如果改变了——比如用刀子削掉了它的一角，它还是固体的——又一种形象的固体。如果没有强制性的、具有力度的人工投入，它可能永远保持着一种形象。而液体——比如是水，我们可以轻而易举地改变它——我们甚至能够感觉它有要让其他事物改变它的愿望。流淌是它永远的、不可衰竭的青春欲望。它喜欢被“雕刻”，面对这种雕刻，它不作任何反抗，而是极其柔和地改变自己。

从这个意义上讲，水性，也就是一种可亲近性。我喜欢水——水性。因为，当我们面对水时，我们会有一种清新的感觉，而没有那种面对一块赫然在目的巨石时的紧张感与冲突感。它没有使我们感到压力——它不具备构成压力的能力。历代诗人歌颂与水相关的事物，也正是因为水性是可亲之性。曲牌“浣溪沙”——立即使我们眼前呈现出一幅图画：流水清澄，淙淙而流，一群迷人的女子在水边浣洗衣裳，她们的肌肤喜欢流水，她们的心灵也喜欢流水，衣裳随流水像旗子一样在空中的清风里飘荡时，她们会有一种快意，这种快意是与一个具有诗性的小说家在写作时所相遇的快意没有任何差别的。

我们现在来说小说——

诗性/水性，表现在语言上就是去掉一些浮华、做作的辞藻，让语言变得干净、简洁，叙述时流畅自如但又韵味无穷；表现在情节上，不去营造大起大落的、锐利的、猛烈的冲突，而是和缓、悠然地推进，让张力尽量含蓄于其中；表现在人物的选择上，撇开那大红大紫的形象、内心险恶的形象、雄伟挺拔的形象，而择一些善良的、纯净的、优雅的、感伤的形象，这些形象是由水做成的。

“知者乐水，仁者乐山。”

老子将水的品质看作是最高品质：“上善若水。”

但我们不可以为水性是软弱的，缺乏力量的。水性向我们讲解的是关于辩证法的奥义：世界上最有力量的物质不是重与刚，而恰恰是轻与柔。“滴水穿石”是一个关于存在奥秘的隐喻。温柔甚至埋葬了一部又一部光芒四射、活力奔放的历史。水性力量之大是出乎我们想象的。我一直以为死于大山的人要比死于大水的人少得多。固态之物其实并没有改造它周围事物的力量，因为它是固定在一个位置上的，不具流动性，因此，如果没有其他事物与它主动相撞，它便是无能的，是个废物，越大、越重就越是个废物。液态之物，具有腐蚀性——水是世界上最具腐蚀性的物质。这种腐蚀是缓慢的、绵久的，但却可能是致命的。并且，液态之物具有难以抑制的流动性——它时时刻刻都有流动的冲动。难以对付的不是固态之物，而是液态之物。每年冬季，暖气试水，让各家各户留人，为的是注意“跑水”——跑水是极其可怕的。三峡工程投入成百上千个亿对付的不是固体而是液体，是水，是水性。

当那些沉重如山的作品所给予我们的冲动于喝尽一杯咖啡之间消退了时，一部《边城》的力量却依然活着，依然了无痕迹地震撼着我们。

现在我们来读海明威与他的《老人与海》。我们将《老人与海》说成是诗性的，没有人会有理由反对。从主题到场面，到故事与人物，它都具有我们所说的诗性。

诗性如水，或者说，如水的诗性——但，我们在海明威这里看到了诗性/水性的另一面。水是浩大的、汹涌的、壮观的、澎湃的、滔天的、恐怖的、吞噬一切的。

在这里我们发现，诗性其实有两脉：一脉是柔和的，一脉是强劲的。前者如沈从文、废名、蒲宁、川端康成，后者如夏多布里昂、卡尔维诺、海明威。决千里大堤的也是水。水是多义的、复杂的、神秘的、不可理喻的。因为有水，才有存在，才有天下，才有我们。

《草房子》当无条件地向诗性靠拢。我的所有写作，都当向诗性靠拢。那里，才是我的港湾，我的城堡。

【个人经验】

《草房子》写的是二十世纪五十年代末、六十年代初的生活，是我对一段已经逝去生活的回忆。在中国，那段生活也许是平静的，尤其是在农村，但那段生活却依然是难以忘却的。它成了我写作的丰富资源。

或许是个人性格方面的原因，或许是我对一种理论的认可，我的写作不可能面对现在，更不可能去深入现在，我是一个无法与现代共舞的人。我甚至与现代格格不入。我最多只能是站在河堤上观察，而难以投入其中身心愉悦地与风浪搏击。我只能掉头回望，回望我走过来的路，我的从前。我是一个只能依赖于从前写作的作家。当下的东西几乎很难成为我的写作材料。对此，我并不感到失望与悲哀。因为有一些理论在支持着我：写作永远只能是回忆，写作与材料应拉开足够的距离，写作必须使用自己的个人经验。

与海明威、福克纳、斯坦贝克齐名的美国小说家托马斯·沃尔夫曾在他的自传体论文《一部小说的故事》以及《写作的生活》中不厌其烦地诉说着一个意思：小说只能使用自己的个人经验。在他看来，“一切严肃的作品，说到底，必然是自传性质的”。

我们应当认可这样一种观念。

之所以要认可这样一种观念，是因为有一个很简单的道理摆在我们面前：一个小说家只有依赖于个人经验，才能在写作过程中找到一种确切的感觉。可靠的写作必须由始至终地沉浸在一种诚实感之中。而这种诚实感依赖于你对自己的切身经验的书写，而不是虚妄地书写其他。个人经验奔流于你的血液之中，镌刻在你灵魂的白板之上。只有当你将自己的文字交给这种经验时，你才不会感到气虚与力薄。你委身于它，便能使自己的笔端流淌真实的、亲切的文字——这些文字或舒缓或湍急，但无论是舒缓还是湍急，都是你心灵的节奏。这种写作，还会使你获得一种道德感上的满足：这一切，都是我经历过的，我没有胡言与妄说。并且，当你愿意亲近你的经验时，经验也会主动地来迎合你。它会将它的无穷无尽的魅力呈现出来，你会发现，回味经验比当时取得经验更加使你感到快意。

就“独特”一词而言，我们也只有利用自己的个人经验。

小说不能重复生产。每一篇小说都应当是一份独特的景观。“独特”是它存在的必要性之一。因为它独特，才有了读者。而要使它成为独特，我们只有一条路可走，这就是求助于自己的个人经验——个人经验都是独特的。

如同世上没有两片相同的树叶一样，世上也没有两份相同的个人经验。每一个人都处在自己的天空下。从根本上说，我们并不拥有一片同样的天空。社会、家庭、个人智力、若干偶然性遭遇、文化背景、知识含量、具体的生存环境，所有这一切交织在一起，必然造成人与人在经验方面的差异。这些差异或者是巨大的，犹如沟壑那般不能消弭，或者是微细的，而微细的差异恰恰更难加以消弭。差异使我们每一个人都获得了让别人可以辨认的特征，我们互相对望，在滚滚的人流中可以认出任何一个人。每一个人都是一份“异样”，一份“特色”。而小说看中的正是这些“异样”与“特色”。

然而使我们感到困惑的是：我们的小说创作却常常游离于个人经验之外。

发生在创作过程中的“端着金饭碗要饭吃”的现象居然是一个普遍现象，这似乎有点不可思议，但却是不争的事实。绝大部分企图成为作家的人，永远只是作为一个作者而未能坐定作家的位置，就在于他们在日复一日的辛勤写作过程中，总不能看到自身的写作资源——那些与他的生命、存在、生活息息相关、纠缠不清的经验。他撇下了自己，而以贫穷、空洞的目光去注视“另在”——一个没有与他的情感、心灵发生过关系的“另在”。这个“另在”，一方面是离他很远的他人生活，一方面竟是别人的文学文本——他以别人的文学文本作为他的写作资源，竭尽全力地模仿，最终只是为这个世界增添了一些生硬而无味的复制品。

拉美有个小说家写了一本畅销书，叫《炼金术士》。这个故事很妙，一个西班牙的牧羊少年连续做了几次情景相同的梦：他从他脚下的一座教堂的桑树下出发，跨过河流，穿过高山与非洲大沙漠，最终来到金字塔下——那里埋藏着财宝。他决心寻梦。这天，他终于来到了梦中的金字塔下。他正在挖财宝时，来了两个坏蛋，当他们在毒打了这孩子一顿并知道他在干什么时，其中一个嘲笑道：你是这个世界上最愚蠢的人。不久前，就在你挖财宝的地方，我也做过两个相同的梦，我梦见自己从这座金字塔出发，穿过沙漠、高山，跨过河流，来到西班牙原野上的一座教堂的桑树下，那里埋着财宝。但我不至于像你这样，愚蠢到为两次相同的梦而去干那样的事。孩子面对苍穹双膝跪下，因为他突然领悟了天意：财富就在自己生活的脚下。许多人的写作过程，也就是这样的过程：长途跋涉，历经磨难，终于回到自身。更可悲的是，这些能够回到自身的人，竟寥若晨星，绝大部分人则永远没有那个牧羊少年的觉悟，而在那个空空的金字塔下做无谓的挖掘。

也有一开始就将自己的文字交给自己的经验的，这些人无疑是创作队伍中的“先知”与“天才”。

造成这种情状的原因既在个人，又在社会——某种社会的风尚阻碍了写作者与自身经验的亲近。这个社会强调的是公共（集体）经验，而忽视个人经验。它发动它的全部宣传机器，营造出一种让小说家忘却自身而只看到它愿意让它的全体公民看到的景观。这些景观，是充分意识形态化的，并且是非常公式化与教条化的。这里的经验，是国家的经验、政权的或某些政治家的经验。这个社会还可能对企图回到自身经验的行为来个当头棒喝，将回到自身经验的行为认作一种对抗行为。如此社会状态之下的小说创作，除了将文字无谓地付诸种种概念之外，我们很难指望它们会留下什么鲜活的文字。

“写作是一种回忆。”但能够被回忆的，只能是个人记忆。小说的使命之一，就是用珍贵如金的文字保存住一份又一份的个人记忆。这些众多的个人记忆加在一起，才使一个个生动的、神采飞扬的历史得以保存。集体的历史的记忆，是建立在无数的个人记忆之上的。我始终认为，《红楼梦》的历史价值，是当时的任何一部典籍、宫廷记录、野史都无法替代的，任何一位史官都无法与作为文学家的曹雪芹相媲美。《红楼梦》使那段历史得以存活——我们只有在阅读《红楼梦》时，才有具体的感觉，仿佛它就在我们身边。尽管一个作家在进行真正的文学创作时，并不将呈现历史当作自己的唯一重任，但，只要是他尊重了自己的个人记忆，写出了他的那一份绝不雷同于他人的独特感受，就一定会在客观上呈现历史。《红楼梦》无疑也使我们获得了历史记忆。

历史学家、社会学家，他们也许有责任倾向于集体记忆，而文学家则应当倾向于个人记忆。正是因为有文学家的存在，历史学家、社会学家的概念才获得了形象的阐释，这些概念才有了生命感。

我们在强调个人经验时，并不意味着对人类集体经验的逃脱，而恰恰是期望以它的独特性以及由此带来的差异性而对人类的集体经验加以丰富。

《草房子》带有自传性质，这是无疑的。

【拒绝深刻】

在《草房子》出版后的几年，当我的一些文学观念已经有了清晰而确定的表述之后，我的学生问我：您的小说在梦想的空间里一直将美感作为一种精神向度，甚至作为一种准宗教，以此救赎这个日渐麻木、下沉了的社会，但是，在这个强大的实用的物质社会里，您难道没有看到美感对这个社会及人心的救赎力量的有限性吗？

我回答道：如果连美都显苍白，那么还有什么东西才有力量？是金钱？是海洛因？一个人如果堕落了，连美也不能挽救他，那么也只有让他去进行劳动改造，让他替牛耕地去，让他做苦役去了。还剩下一个叫“思想”的东西。思想确实很强大，但思想也不是任何时候都强大的。思想有时间性，过了这个时间，它的力量就开始衰减。伟大的思想总要变成常识。只有美是永恒的，这一点大概是无法否认的。当然，美不是万能的。希特勒不是不知欣赏美，但这并没有使他放下屠刀，一种卑贱的欲望使他那一点可怜的美感不堪一击。

后来我们谈到了古典主义和现代主义的问题。在我的学生看来，所谓的古典主义只是现代社会里的诞生物，而我的古典风格恰恰是一位现代主义者的另一种表现方式，因为在我的古典的美感表达里，同样思考着“恶”“荒谬”“欲望”等现代主义作家们思考的问题。学生问道：如果上述现代主义的这些关键词影响了美感，您将如何取舍？

我的回答是：不是取舍，而是让那些东西在美的面前转变——要么转变，要么灭亡。你在花丛面前吐痰害臊不害臊？你在一个纯洁无瑕的少女面前袒露胸膛害臊不害臊？我记不清是哪一篇小说了，一个坏蛋要对一位女士动以粗鲁，而一旁一个天使般的婴儿正在酣睡之中，那个女士对那个坏蛋说道：“你当着孩子的面，就这样，你害臊不害臊？”那个坏蛋一下子就泄气了。当然这只是小说，生活中，一个坏蛋才不在乎这些呢。但对一个连美都不在乎的人，你还能有其他什么办法吗？只有付诸法律了。

后来，我们谈到了所谓的深刻性。

学生说：我发现您的小说在人物的塑造上有一个普遍性的规律：善与恶都不写到极致。您常常采取一种“之间”的地带。这符合人性本身。但同时，这样是否使得您的小说缺少现代作家笔下人物的深刻性？

我的回答是：我不光是写小说的，还是研究小说的，因此我比谁都更加清楚现代小说的那个深刻性是怎么回事，又是怎么被搞出来的。无非是将人往坏里写、往死里写、往脏里写就是了，写凶残，写猥琐，写暴力，写苍蝇，写浓痰，写一切一个人在实际生活中都不愿意相遇的那些东西。现代小说的深刻性是以牺牲美感而换得的。现代小说必须走极端，不走极端，何有深刻？我不想要这份虚伪的深刻，我要的是真实，而且，我从内心希望好人比实际生活中的好人还好，而坏人也是比实际生活中的坏人要好。但说不准哪天我受了刺激，忽然地换了一种心态，我也会来写这种深刻性的，我对达到这种深刻的路数了如指掌。

我会永远写《草房子》吗？未必。

一种庄重的阅读方式

我生长在水边。我喜欢流动的感觉。所以，我的很多文字里有水流动的意境，阅读时可以感觉到。而，朗读，不仅可以让文字更加丰富地流动，而且还可以让阅读更加庄重、更有仪式感。尤其是那些记忆中的风景，和抹不去的感情……

我曾经在央视第七期《朗读者》的舞台上，在主题为“告别”的那期节目之中，朗读了《草房子》的节选，那次朗读，因爱而生发，献给我的父亲。

《草房子》的故事是我童年的缩影，里面很多情节都记录了同一种情感——父爱。

父亲在我的一生中，扮演着十分重要的角色，在这一条幽静深远的人生长路上，父爱伴随着我一步步走向远方。我将与父亲的绵长回忆，一点点刻录在充满风景的《草房子》当中。

那一次朗读，让我在一处处难忘的风景里，再次深深地怀念起了父亲。也是那一次，我好像更加体会到"朗读"的非凡意义。它，似乎是表达文学、理解作品、阐释思想、镌刻情感的唯一的、不可或缺的阅读方式和方法！

还是那一次，我在朗读之中，更加体味到我正式和父亲告别的感受。而曾经的告别都藏在文字里，那天，我忽然发现，很多情感，单单凭借纸质的阅读，难以到达。我亲近的家人和朋友都知道，在父亲生命的最后时刻，我没来得及和父亲告别。而后来，和父亲的许多场告别，无论是有意识的还是下意识的，都只是出现在我的文字中。而只有那一次，它，以庄重的声音形态永存了！

更是那一次，我明白了朗读和阅读息息相关，朗读，是一种庄重的阅读方式！众所周知，阅读的力量神奇到能改变一个人的外形，这已经毋庸置疑。在没有宗教情怀的世界里，阅读甚至可以作为一门优美而神圣的宗教……可在今天这个有着无穷无尽的诱惑的世界里，人们对阅读却越来越疏离了，甚至连中小学生都对阅读越来越不感兴趣了。这个情况当然是很糟糕的，甚至是很悲哀的。

曾经无数人问过我："究竟有什么办法让孩子喜欢上阅读？"我答道："朗读——通过朗读，将他们从声音世界渡到文字世界。"难道，还有更好的方法吗？我想不出来。

一个孩子不愿意阅读，你对他讲阅读的意义，有用吗？就怕是你说到天上去，他大概还是不肯阅读。可是我们现在来做一个设想：一个具有出色朗读能力的语文老师或者是学校请来的一个著名演员，在他们班上声情并茂地朗读了一部小说里的一个片段，那是一个优美的、感人的、智慧的、扣人心弦的精彩片段，那个孩子在不知不觉之中被深深吸引住了；朗读结束之后，他就一直惦记着那部小说，甚至急切地想看到那部小说；后来他终于看到了它，而一旦他进入文字世界之后，就再也不想放弃了。于是，我们就可以有充足的理由对这个孩子的阅读乃至成长抱一定希望了。

朗读在发达国家是一个日常行为。

2006年9月，我应邀参加了第六届柏林国际文学节。在柏林的几天时间里，我参加最多的就是各种各样的朗读会。

他们将我的长篇小说《草房子》以及我的一些短篇小说翻译成德文，然后请他们国家的一流演员去学校、去社区图书馆朗读，参加者有学生，也有成年人——不同阶层、不同年龄的成年人。在我的感觉里，朗读对他们而言，是日常生活中一件经常的而且是非常重要的事情。四五人、五六人、十几人、上百人坐下来，然后听一个或几个人朗读一篇（部）经典的作品，或一段，或全文。可见，朗读在德国这样的发达国家，是一种日常的同时也是一种非常优雅的行为。

“‘语文’学科，早先叫‘国文’，后改为‘国语’，1949年后改称‘语文’，从字面上看，‘语’的地位似乎提高了，实际上，‘重文轻语’是中国语文教学中的一大弊病。”（刘卓）“语文语文”，“文”是第一的，“语”是次要的，甚至是无足轻重的。重“文”轻“语”，这是中国的文化传统。中国在很多时候，把“文”看得十分重要，而把“语”给忽略掉了，甚至是贬低“语”

的。“巧言令色”，能说会道，是坏事。是君子，便应“讷于言而敏于行”。“讷”——“木讷”的“讷”，便是指一个人语言迟钝，乃至沉默寡言，而这是美德，是仁者。

“水深流去慢，贵人话语迟。”这便是中国人数百年、数千年所欣羡的境界。当然中国也有极端的历史时期是讲究说的。说客时代的说客那番滔滔雄辩、口若悬河，真是让人对其语言的能力感到惊讶。但日常生活中，中国人还是不太喜欢能说会道的人的。“讷”，竟然成了做人的最高境界之一，这实在让人感到可疑。

2008年，美国总统竞选，很让我着迷，着迷的就是奥巴马的演讲。他的演讲很神气，很精彩，很迷人，很有诗意。从某种意义上讲，美国总统竞选，就是比一比谁更能说——更能“语”。我听奥巴马的讲演，就觉得他是在朗读优美的篇章。

还是说到朗读上来，不朗读，不“语”，我们对“文”也就难以有深切的理解。

我去各地中小学校做讲座，总要事先告知学校的校长、老师，让他们通知听讲座的孩子带上本子和笔。我要送孩子们几句话。每送一句，我都要求他们记在本子上。接下来，就是请求他们大声朗读我送给他们的每一句话。我对他们说："孩子们，有些话，我们是需要念出来甚至是需要喊出来的，而且要很多人在一起念出来、喊出来。这是一种仪式，这种仪式对我们的成长是有用的。"当我们朗读时，特别是当我们许多人在一起朗读时，我们自然就有了一种仪式感。而人类是不能没有仪式感的。仪式感纯洁和圣化了我们的心灵，使我们在那些玩世不恭、只知游戏的轻浮与浅薄的时代，有了一分严肃，一分崇高。于是，人类社会有了质量。当下是口语化的时代，而口语的质量又相当低下。低俗的口语成为时尚，这大概不是一件好事。

优质的民族语言，当然包括口语。口语的优质，是与书面语的悄然进入密切相关的。而这其中，朗读是将书面语的因素转入口语，从而使口语的品质得以提高的很重要的一环。朗读着，朗读着，优美的书面语在不知不觉中变成了口语，从而提升了口语的质量。朗读是体会民族语言之优美的重要途径。汉语的音乐性，汉语的特有声调，所有这一切，都使得汉语成为一种在声音上优美绝伦的语言。朗读既可以帮助学生们加深对文本的理解，同时也可以帮助他们感受我们民族语言的声音之美，从而培养他们对母语的亲近感。

朗读还有一大好处，那就是它可以帮助我们淘汰那些损伤精神和心智的末流作品。

谁都知道，可以朗读的文本，一定是美文，是抒情的或智慧的文字，不然是无法朗读的；能被朗读的文本，更接近灵魂，是自发的或天然的文字，否则是无法庄重的。通过朗读，我们能很容易地把那些末流作品杜绝在大门之外。

我愿意腾出时间，从我全部的文字中筛选出这些更适合朗读的文字，是一个用意——

以这些也许微不足道，但或许能撬动内心、流动着情感的文字，去迎接一个深刻地记忆文学、体会母语、学习语文的更好形式，去迎接一个庄重的、优雅的、诙谐而智慧的朗读时代的到来！

麦田
阳光

小说

XIAOSHUO

尖　叫

1　天空有朵雨做的云

奶奶在菜园里种菜，皮卡就在菜园里玩耍。

说是玩耍，却常常是捣乱。他一会儿把奶奶刚刚栽下去的菜拔起来，一会儿又不停地把桶里的水浇在一棵菜苗上。

奶奶就不停地丢下手里的活儿，赶过来，做出要揍他的样子。

皮卡赶紧跑掉，但过不了多久，就又过来捣乱。

奶奶分不清楚，皮卡到底是让她生气了，还是给她带来了乐趣。

春天的菜园里，这游戏就这样反反复复地进行着。

过了一会儿，天色忽然变了，一大块乌云停在菜园子的上空，四周暗淡下来。

奶奶抬头看了看天空，说：“天要下雨了。”

皮卡也抬头看着天空。

奶奶指着那一朵乌云，告诉皮卡：“那是雨做的云。”

奶奶种菜的动作加快了——她要在下雨之前把菜种下。

皮卡不再玩耍，而是一直仰着头，望着那朵云：它怎么就是雨做的呢？

奶奶把菜种完了，但那朵云并没有变成雨。

它就停在皮卡头顶的上空。

奶奶拿着小板凳和种菜的工具回家了，皮卡却不肯回。

奶奶要关上菜园子的篱笆门，召唤皮卡：“出来吧，奶奶要关篱笆门了。”

皮卡摇摇头。

奶奶还有其他活儿要忙，掉头一看菜园，只见皮卡还站在那里，又叫道：“回家啦！”

皮卡不听。

“你待在菜园里干什么？”

皮卡指了指天上那朵黑云。

奶奶也去看黑云，同时在心里纳闷：怎么还不下雨呢？想想还有活儿，就走了。

奶奶再次掉回头来看菜园时，见皮卡还站在那里望天空，就逗他："你对它大声喊，它就下来了。"

皮卡真的冲着那朵云喊了一嗓子。

那朵云无动于衷。

奶奶一边赶紧将晾晒在外面的衣服往回收，一边在心里暗笑。

乌云堆积得像座山，山在天空里，毫不动摇。

皮卡生气了，弯下腰，仰起头，冲着那块乌云，憋足了劲儿，大喊了一声——喊声瞬间变成了尖叫。

尖叫声极其锐利。

它不仅使整个校园都听到了，甚至使大河那边的村庄都听到了。

皮卡自己都大吃一惊：我怎么能发出这样的声音呢？

奶奶以为发生了什么，扔下手中的衣服，赶紧跑了过来。

皮卡被自己的尖叫声引得很兴奋。不知是因为他的尖叫引起了身体的颤抖，还是因为有风从天空吹起，他觉得那朵云也在颤抖。这让皮卡感到非常带劲儿，便尽可能地延长他的尖叫——很长很长，仿佛能一直尖叫下去。

似乎是连续不断的箭，纷纷射向了那块乌云。

正好赶上下课时间，在皮卡的尖叫声中，老师和学生们从教室里蜂拥而出。

皮卡的尖叫声终于结束。他见这么多人拥了出来，一时忘了为什么而尖叫，倒把注意力全部放到了尖叫上。他仰起脖子，张大嘴巴，发出了声声尖叫。

跑得离他近一些的几个孩子受不了这种尖叫，连忙用手捂住了双耳。

奶奶叫道："小猴子，别叫了！"

皮卡却停不住自己的尖叫。

三姑跑过来："怎么啦，怎么啦？"

皮卡这才想到为什么而尖叫，停住，指着天空那块乌云，对三姑急急巴巴地说："它，它不下雨！"

就在这时，雨哗啦哗啦地下起来了。

皮卡望着那块渐渐淡去的云，跑到雨地里，激动地叫喊着：“是我叫出来的！是我叫出来的！”

2 鸽子

从此，皮卡知道了自己有一个特别的本领：尖叫。

他只要将嗓子捏住，就很容易发出尖叫声。

有一段时间，皮卡对自己的这一本领非常欣赏，并且很得意，因为，这里有这么多孩子，却没有一个能发出像他这样的尖叫声。他们中曾有人在皮卡尖叫时，也试着尖叫一嗓子，但都未成功。二姑班上有个男孩很不服气，早上起来就站在门外冲着天空尖叫，练了好几天，也没有能够叫到皮卡的高度。这个孩子不服输，决心再练下去。有一回，他忘了自己正在课堂上上课，突然尖叫了一声，吓得班上几个女孩都尖叫起来——那尖叫声倒比他的尖叫声锐利得多，弄得他很不好意思——不光不好意思，还被二姑罚出了教室，让他在太阳底下站了整整一堂课。就在他被罚站时，皮卡在不远处的草地上玩耍，他冲着皮卡又尖叫了一声。皮卡转过身来，冲着他，做了一个鬼脸儿，然后嗓子一捏，一声尖叫划破长空。那孩子服了：我再也不和你比了。

皮卡尖叫一声，一树的鸟会飞得干干净净，甚至还会震荡下无数的落叶。

皮卡尖叫一声，池塘中浮到水面上呼吸早晨空气的鱼，会一忽闪全都沉入塘底，就见水面上有无数的小旋涡。

皮卡尖叫一声，正在觅食的鸡会咯咯咯地拍着翅膀，不是飞进草丛，就是飞到草垛、墙头，甚至是屋脊上。

家人都讨厌皮卡的尖叫。

爷爷奶奶和姑姑们都十分担心他的声带会被撕裂。

可是，尖叫之后，皮卡一切如常。

皮卡的尖叫经常吓人一跳。

爷爷奶奶和姑姑已经无数次地警告过他："别叫了，再叫就揍死你。"见没有效果，就改为求他了："好宝宝，耳膜都快给你震破了，就别叫了。"

他们在电话里，把皮卡尖叫的事情告诉了在北京的爸爸。

爸爸说："唯一的办法就是大家要装得很不在意他的尖叫。你越在意，他就越来劲。皮卡以前难道不是这样吗？千万别强调！”

爷爷说：“这纯粹是屁话！”

无论用什么样的办法，都无法阻止皮卡的尖叫。

爷爷是个大忙人，爷爷忙起来，浑身像冒烟一样冒热气，他飞快地走路，脚后跟能踢到屁股。但爷爷再忙，每天都得有个午睡，雷打不动。

爷爷最恼火的事，就是有人打扰了他的午睡。

爷爷午睡的时候，奶奶就把姑姑们轰出门去，然后把门锁上，自己去菜园里干活，或是到邻居家串门。

爷爷一觉睡好，就立即变得像一只下山的老虎，又吼又叫地进入油麻地小学的校园。

“那个学生是哪个班的，竟敢在校园里玩弹弓！”爷爷吼叫着。

那个孩子赶紧把弹弓扔到草丛中跑掉了。

“通知五年级，下午劳动！栽树，要栽五十棵树！带水桶、扁担没有？上午，老师有没有通知？……”爷爷一路走向办公室，一路大声地问五年级的一个孩子。还没等听明白那个孩子说了什么，他又冲另外几个孩子嚷嚷上了：“你们几个站在荷塘边干什么？谁也别打荷花的主意，要是谁敢摘一朵，哼，试试看！”

每逢看到爷爷这般大喊大叫的，老师们就知道：校长午睡好了！

谁闹了爷爷的午睡，爷爷会整整一下午加上一个晚上都很生气。

这天，午饭后，爷爷又照例躺在了那张老式的大床上，开始他这一天里最美好的时刻——午睡。

姑姑们都不在家。

只有奶奶带着皮卡在门前菜园里，奶奶干活，皮卡就在旁玩耍。

皮卡喜欢看天空。

相对于五颜六色、斑斓多彩的大地，皮卡更喜欢看非常简洁的天空。因为天空遥远，给了他很多联想。他会盯着一只似乎永远展开翅膀在高空云流中轻微摇摆的鹰，直到脖子发酸。他会盯住一朵流云，直看到它完全消失在天边。只有在这种时候，喧闹的皮卡才是安静的。这种时候，仿佛世界上就只有天空和天空下的皮卡。

他当时的姿态和神情，往往会感动姑姑们。她们即便是有事要对皮卡说，也不会去惊动他。爷爷似乎从皮卡的这种姿态里看到了未来的什么，心里会产生一种喜悦甚至幸福的感觉。

皮卡又在仰望天空。

今天的天空特别的高远。有几片云，就像几头在一望无际的草地上吃草的牛，在让人难以觉察的移动中缓缓移动着。

皮卡想在天空中寻找一点什么：一只鸟？一只飞虫？

就在他准备放弃他的眺望时，他看到从远处飞来了两只什么鸟。它们的出现，使寂寞的天空顿时有了小小的热闹。

皮卡用眼睛紧紧盯住它们。

它们居然朝皮卡的上空飞来了。

是两只鸽子，看上去都是黑色的。

但当它们完全飞到皮卡的上空并且迅速下降后，皮卡发现，原来是一只白色，一只黑白花的。白色的那只很秀气，黑白花的那只很强壮。它们总是挨在一起飞翔着，并且总是同时飞一种姿势，说扇动翅膀时就一起扇动翅膀，说展翅翱翔时就一起展翅翱翔，说往上飞升时就一起往上飞升，说往下沉降时就一起往下沉降。

皮卡想让奶奶一起看天空，但旋即放弃了这个念头。他知道，正在种菜的奶奶才不会在意他的天空呢！他想到了爷爷，只有爷爷会在意他的天空。

可是爷爷正在午睡呢！

皮卡只有独自一人望着天空，望着那对鸽子了。

这对鸽子好像与地上的皮卡有什么约定似的，就在皮卡头顶的上空盘旋，并做着各种各样的动作：或俯冲，或拔高，或斜插，或摇摆……

皮卡感觉到了它们总是歪着脑袋在打量着他。

“可是，我并不认识你们呀！”皮卡把两只小手合在胸前，仰头望着它们，在心里说。

两只鸽子有一阵飞远了，飞到了大河对岸，不一会儿就被那边的村庄遮挡住了。

皮卡连忙追到河边上。恰在这时，那两只鸽子又飞了回来，并继续不住地歪着脑袋看着地上的皮卡。

皮卡傻呆呆地看着，竟然有一串口水“扑答”从他的嘴角滴落在地上。他很快觉察到了，很不好意思。

那对鸽子越飞越低。

皮卡听到了它们的翅膀划过空气时发出的嗖嗖声，他甚至清楚地看到了它们的亮晶晶的眼睛。那两只蜷曲在腹部羽毛里的爪子，是很鲜亮的红色，非常迷人。

皮卡的脑袋跟着两只鸽子转动着。

两只鸽子盘旋着，是一种下降式的盘旋。它们一边盘旋，好像还边在侦察地面，打量地上的事物。

“落下来吧！”皮卡企盼着，并在心里呼唤着。

那两只鸽子仿佛听到了皮卡的呼唤，竟然真的徐徐落下来了——落在了皮卡家的房顶上。

它们显得非常紧张，收紧翅膀，直着脖子，不住地转动着脑袋。

皮卡怕惊动了它们，躲在草垛后面，探出脑袋来朝屋脊张望着。

两只鸽子站在屋脊上，一声不响，始终显得十分紧张。

皮卡就一直藏在草垛后面，悄悄地向屋脊张望：两只鸽子挺胸而立，它们的背后，是流动着云朵的天空。皮卡第一回觉得：爷爷家的屋子怎么这么高呢？

天空有风，鸽子身上的羽毛不住地被翻卷起来。

皮卡看到，鸽子身上的羽毛，里层的和表层的，并不是一个颜色。

两只鸽子终于慢慢安静和放松下来。那只个头要比白鸽子大一圈的黑白色的鸽子，还展开尾巴——像一把打开的扇子一样的尾巴，冲着白鸽子“咕咕咕”地叫着。皮卡想：这件事情应当要尽快让爷爷知道，看看爷爷有什么办法将它们留住。

他顺着墙根溜到了院子里。

门被爷爷在里面插上门栓。

他趴在门缝上，轻声叫着：“爷爷！爷爷！……”

没有答应。

他只好大声一点叫道：“爷爷！爷爷！……”

熟睡中的爷爷似乎听见了皮卡的叫声，但他故意不作答，这样好使皮卡放弃继续叫他的念头，以便自己再继续睡会儿。

皮卡还在一个劲儿地叫。

爷爷就是不理，半醒半睡地躺着，迷迷糊糊之中，心里在问："他奶奶呢？"

可是，碰上这种事，皮卡固执地认为应当告诉爷爷：奶奶她不懂！

而爷爷竟不理他！

"难道你不想看到这么好看的鸽子吗？"

皮卡决定再试试。他一边用手"嘭嘭嘭"地拍着门，一边叫着："爷爷！爷爷！……"

爷爷听得分明，但爷爷一边想继续他的午睡，一边故意不理睬皮卡，存心逗逗他，有那么一点儿促狭的意思。

皮卡真的生气了。很生气。他一生气就忘了屋脊上的鸽子，把嘴巴对准门缝，然后捏起嗓子，憋足了劲儿，向屋里长长地尖叫了一声。

皮卡的尖叫本来是专门冲着爷爷的，但实际上是整个校园都听到了。

屋脊上的鸽子一惊，"啪！啪！"扇动翅膀，飞上了天空。

皮卡叫完之后，连忙跑出院子，跑向还在菜园里干活的奶奶。奔跑过程中，他才想起那两只鸽子，抬头看，只见它们已经飞远了。他心里很懊恼。而那边已经响起了爷爷的脚步声。

皮卡一路跑向奶奶，并在爷爷出现之前，藏到了奶奶的身后。

爷爷出现了，他手里居然抓了一根棍子！他很夸张地生着气，冲着奶奶吼道："他人呢？"

皮卡紧张地贴着奶奶的后背。

奶奶说："没看见。"说完，低下头去，忍住不让自己笑出声来。

皮卡听到了奶奶被压制住的笑声，一边紧张着，一边也小声地咯咯咯地乐着。

爷爷抓着棍子，四周张望了一阵，说了一句："太讨厌了！今晚就给他爸打电话，让他立即回来把这小子带回北京！"

奶奶和皮卡背对着背，笑个不停……

3　周五爷和他的鸭子

接下来，有好几天，皮卡都在惦记着那对鸽子。

他时不时地抬头看一看天空：它们还会飞来吗？

它们却没有再飞回来。

皮卡带着懊悔和遗憾，时不时地朝天空尖叫一声。

一个老师对爷爷说："皮卡的尖叫，能把天空的一朵云叫碎了，变成雨。"

皮卡终于忘记了那对鸽子。

但皮卡没有忘记尖叫。

皮卡尖叫有各种各样的理由：高兴了，尖叫；愤怒了，尖叫；兴奋了，尖叫；害怕了，尖叫；伤心了，尖叫；别人不注意他了，尖叫……有时，也不需要什么理由，他想尖叫了，就尖叫。

正如爸爸所说，你不能去注意他的尖叫声，注意了，就等于是强调，就等于是暗示，而强调和暗示的结果就是他更热衷于他的尖叫。

三姑常担心地问大姑："他的嗓子不会出问题吧？"

大姑说："没有听到吗？他越叫越响了！"

这天，他朝窗子外看着——

大河在阳光下闪闪发亮，均匀而细密的波纹，不住地向前推进着。

一大群鸭子正游过来。它们看上去像一只只小船。

小船后面出现了一条大船。

大船其实是小船，船里面最小的船。它是用来放鸭的。爷爷家这里人都称它为"鸭溜子"。它长长的，窄窄的，船头翘翘的，很轻盈。放鸭的人用一根细溜溜的竹篙，能撑得它贴着水面飞，后面留下一溜水花，就像大卷白布放开了，漂在水面上。

撑鸭溜子的是周五爷。

周五爷戴着一顶破草帽。他的皮肤因风吹雨淋太阳晒，黑得发亮。他赶着他的鸭，从小河到大河，从大河到水渠，从水渠到池塘，从池塘到还未抽穗的稻地或刚收割完庄稼的地里。

周五爷的鸭，常常从皮卡家屋后的大河经过。

皮卡望着河里的鸭，望着周五爷和他的鸭溜子，心里头有一个念头蠢蠢欲动，嗓子痒痒的。

他跑出了家门，站到了大河边上。

周五爷没有撑他的鸭溜子，而是坐在上面，让鸭溜子自己往前漂动。

鸭们也不着急往前游，向两岸来回横游过去寻找着食物。

周五爷看到了皮卡。他似乎很喜欢皮卡，冲皮卡笑了笑。

皮卡在心里说了句：“这个爷爷真黑。”也冲周五爷笑笑。

周五爷是一个喜欢孩子但又特别喜欢捉弄孩子的人。

乡下的男孩，在五岁之前，到了炎热的夏天，往往总是光着屁股在外面玩耍。他们在田野上、村庄里、小学校的操场上玩，一点儿也不知道害羞。太阳把他们晒得黑黑的，黑得很均匀。不像城里孩子，脱了裤衩，就看见一个白得让人害臊的屁股。

这些光着屁股的男孩看到了周五爷，就会立即用双手捂在大腿间。因为，几乎所有的小孩都知道，周五爷会当着那么多人的面，用手指出奇不意地弹一下你的小鸡鸡。很疼的。周五爷弹不到，就说：“哇！一条虫子钻到你裤裆里啦！”或者是说：“赶快把手拿开，别捂坏了它！”就在那个孩子刚刚把手拿开时，他已经很有节奏地弹了一下。那孩子赶紧跑掉了，大人们就“哈哈哈”

大笑。

皮卡是不会有这种遭遇的。因为皮卡从下地走路的那一天开始，就从未光着屁股走路。人家皮卡是城里孩子，城里孩子是不光屁股的。

当皮卡心里有一个念头在蠢蠢欲动时，周五爷心里头也有一个念头在蠢蠢欲动。

他问皮卡："鸭蛋好吃吗？"

皮卡点点头。

周五爷的鸭溜子路过奶奶家码头时，只要看到奶奶在码头上洗菜或洗衣服什么的，就会把鸭溜子靠过来，从舱里捧几只鸭蛋，不由分说地放在奶奶家的码头上："给孙子吃。"

皮卡吃了周五爷不少的鸭蛋。

周五爷喜欢皮卡，很喜欢，越喜欢就越想捉弄皮卡：哭了才好玩呢！

皮卡的爸爸小时候，周五爷就曾无数次地捉弄过他。现在，他只想捉弄一下皮卡。他把鸭溜子向岸边靠过来。在离岸边不远时，他指着码头边的水草说：

“那水草丛里有条大鱼哎!”

皮卡一听，立即跑到水边。

就在这时，周五爷挥起长长的竹篙，装着要用竹篙打击那条根本不存在的大鱼，猛劲把竹篙的一头砸进水里，溅起一大团水花，溅了皮卡一头一身，立即让皮卡变成了一只落汤鸡。

皮卡睁不开眼睛，不住地用双手去抹脸上流淌的水。

周五爷“哈哈哈”大笑，笑得前仰后合，鸭溜子跟着晃动，差一点没翻了。

皮卡知道上当了。

皮卡不生气。皮卡讨人喜欢，就是因为别人不管怎么捉弄他，他都不生气，更不会像其他小孩那样骂人。上了年纪的人们回忆往事，说皮卡的爸爸小时候就是这样，无论谁捉弄他，从不生气，从来不骂人。

“皮卡像他老子!”

皮卡冲周五爷笑笑，赶紧水淋淋地退回到岸上。等到了周五爷再也不能威胁他时，他张大嘴巴，捏起嗓门，冲着一河正在觅食的鸭子，长长地、长长地尖叫了一声。

河面顿时大乱。

受惊的鸭子，嘎嘎嘎地叫作一团，纷纷扇动翅膀，不要命似的四下逃窜。那样子，仿佛突然有一群黄鼠狼席卷了过来。

但有几只鸭子，居然吓得飞到了空中。

周五爷猛地一跺船底："我的小祖宗啊！"

此时，正是鸭子下蛋的季节，一旦受到惊吓，它们就再也不能坚持着把蛋带回家中，在夜深人静之时下到鸭栏里了，用不了一会儿，就会扑通扑通地把蛋下到河里。

"这个小东西，我一定要告诉你奶奶！"周五爷将鸭溜子靠到岸边，走上岸来，大声问："奶奶呢？"

奶奶走了出来："五爷！有什么事呀？"

周五爷一脸苦相："你孙子是副什么嗓子呀？"

"他又尖叫了？"

"尖得像锥子！把我那群鸭弄得满世界扑棱，明天，我得少收四五斤蛋呢！"

"这个小东西啊！"奶奶大声叫道："皮卡！"

皮卡早不知藏到什么地方去了。

奶奶连忙向周五爷说："对不起！对不起！"并说："等小东西回来，我一定揍他！"

周五爷笑了："那可不行！我喜欢他。"他叹息了一声："明天，我得少收四五斤蛋呢！"说着向河边走去，临上鸭溜子时，回过头来叮嘱奶奶："可不准吓唬他！"

第二天，一些孩子在岸边的芦苇丛里找出了十几只鸭蛋，有一个孩子跳到河里摸，又摸了好几只。

皮卡对那些拿着蛋的孩子说："是我的尖叫，吓得鸭子把蛋都下到了河里！"

奶奶扬起巴掌要打皮卡。

皮卡缩起脖子。

奶奶的巴掌落下了，像一片树叶落在了皮卡的屁股上。

三姑见到了，挖苦奶奶："奶奶给孙子掸灰尘哪？"

4　闹场

有一阵子，皮卡不再尖叫了。

在皮卡不再尖叫的日子里，所有的人好像还有点儿不习惯。

“皮卡怎么不尖叫了呢？”一个老师问另一个老师。

“我还等着呢。”另一个老师说。

又过了一阵子，大家就将皮卡的尖叫淡忘了，仿佛皮卡就从来没有尖叫过似的。

一学期又结束了。

经过几轮评比，爷爷领导的油麻地小学，成了这一带十几所小学校里头的模范学校。

爷爷是个很在意荣誉的爷爷。爷爷学校的办公室里，没有一块空的地方，到处挂满了奖状。房梁与桁条上，还悬挂了几十面奖旗。

爷爷的学校，方圆十里八里，无人不晓。

现在，爷爷的学校又被评为模范学校，这个荣誉与以往任何荣誉都不一样。以往的荣誉是关于一个方面的，比如文艺宣传啦，作文比赛啦，体育比赛啦，学校绿化啦，等等；而这一次的荣誉，是关于这个学校整体的。模范学校——也就是说爷爷的学校，无论哪方面都是首屈一指的。

过两天，十几所学校的校长老师们都要来爷爷的学校参观学习。

爷爷很高兴。爷爷一高兴，就爱吼唱。爷爷的嗓门很洪亮，但不是尖叫。爷爷吼唱的时候，都是仰脸朝天。爷爷的吼唱没有任何内容，就是吼唱一种调门。这个调既有出处，又不全都有出处，往往是许多调门的大杂烩。但爷爷的本领就在于把这些看似毫不相干的调门揉到一起，听上去天衣无缝。

爷爷吼唱，所有的老师都会站到办公室走廊里听，一脸的迷惑。

爷爷还亲自写了两三个小剧本，把那些会演戏的男孩女孩都集中到一起，由他亲自做导演。爷爷的剧本以及导演也是很有名的。他曾带领学校宣传队去县里演过四五次，并且每次都拿奖状、奖杯。爷爷导戏时，老师、孩子们都会围过来看，村里的人也都过来看。老头、老太太、大姑娘、小伙子、小媳妇、光棍汉、日本鬼子、翻译官，爷爷学什么像什么。爷爷还会化装、做道具、搭台子。爷爷是个能人。

这次编排的几出小戏，是爷爷最满意的。过两天，他要拿这两出小戏，好好接待周边小学的上百名校长、老师。他心中有底，这戏谁看了谁都得说好。

说话这天就到了。

学生还正在哩哩啦啦地往学校走，那些校长、老师就开始陆陆续续地到了。爷爷一直迎到校门口的小桥头，握手，问好，寒暄。

等校长、老师们都到齐了，爷爷就开始汇报、介绍，再领着他们参观校园、教室，有些老师还被安排到各个班上去听课。

一切都按照早已计划好了的日程在有条不紊地进行。

爷爷满面春风。

吃了午饭，校长、老师们午休的午休，打牌的打牌，聊天的聊天。一间空出的教室里，参加演出的孩子们正在进行演出之前的最后一次排练。

爷爷一会儿去关照那些校长、老师们，一会儿跑到教室里指指点点："动作太硬了。""妆化重了。""唱得稳一点儿。""到现在了，台词还打磕巴！"……

下午两点钟，全体学生开始整队入场。

舞台是土垒的，但又高又大，很气派。

皮卡正趴在地上，看一只甲壳虫在沿墙根快速地行进着。

四姑不知从哪儿想起的，突然说了一句话："皮卡今天不会在看戏的时候尖叫吧？"

四姑的话未说完，三姑一巴掌捂在了四姑的嘴上，掉头观察着皮卡的反应。

皮卡只顾观看甲壳虫，四姑的话似乎并没听进耳朵里去。

但三姑却从此刻起，一直有点儿提心吊胆。因为，据她的经验，人在一边谈话，皮卡在一边玩耍，看上去，人的谈话他并没有听见，但实际上，他就像一台无声的录音机，场景的声音都被录下了。他会在以后的某一时刻，在你早已忘了当时的情景时，他却会明白无误地说出："那天，三姑说……""那天，爷爷说……"让所有在场的人大吃一惊。

估摸演出快要开始了，一家人便往操场走。

三姑还在朝四姑嘀咕："真是的！从哪儿想起来的？他都忘了！"

四姑回头看一眼一切如常的皮卡："我也不知道怎么想起来提

这件事的。”

奶奶小声提醒三姑：“看紧他！”

第一出小戏演过去了，皮卡一直乖巧地站在一张高凳上，看得很入神。

第二出小戏在锣鼓声中又开始了。

前面十几排，坐的都是那些校长、老师。看了第一出小戏，就已经很满足了，互相说着：“不错！真的不错！皮校长真有两下子！”“皮校长是个大师！”靠着爷爷坐的几个校长，都对爷爷说：“好！”爷爷很谦虚地笑笑。

第二出小戏的效果更好于第一出小戏。演到高潮时，台下笑声一阵高过一阵。

皮卡也咯咯咯跟着笑，但笑着笑着，凝住了神，转而立直了身子，张大了嘴巴，嗓门一捏，于一片笑浪中，冲着正演得出神的演员，陡然尖叫了一声！

坐在皮卡周围的孩子，耳膜生痛，都“啊”地叫了起来，随即用双手捂住两只耳朵。

正演着戏的演员，一下怔住了，一个个都傻呆呆地站在台上，像一根根木头。

台下，所有的脑袋，都像向日葵一般转向皮卡。

爷爷一脸尴尬。

三姑一手捂住还要继续尖叫下去的皮卡，一手抱了他，赶快往家走。

皮卡在三姑的怀中竭力挣扎着。

刚走出操场，三姑一松手，皮卡又是一声尖叫。

三姑只好再度用手捂住他的嘴巴。

操场上大乱，所有的人都在大笑。

台上，所有演员僵在了那里。

台下，爷爷僵在了那里。

有人问："这小家伙是谁?"

有人回答："皮校长的孙子。"

过了好一阵，一切才又回到原先的状态。

但临走时，所有的校长和老师们都很快乐。爷爷的学校真的很棒，招待得又好，两出小戏很精彩！还有，皮校长的孙子，太好玩了！这一天，过得真不赖呢！

爷爷为他们送行。

分手时，和爷爷最要好的一位校长说："皮校长，你的那个孙子，啃，太好玩了！"

5　花儿的惊恐

事隔三天，皮卡的尖叫闯祸了！

中午，皮卡去三姑的幼儿园，那时，十几个孩子正在睡觉，他忘了这一点，只是想着吓唬一下三姑，刚一进门，就把已积蓄了好一阵的尖叫，突然喊了出来。

这声尖叫，惊吓了在场的所有正在熟睡中的孩子。孩子们全都"哇"地哭了，并且久久不能停住。

一片哭声中，皮卡愣在了那里！

三姑一边哄着那些啼哭不止的孩子，一边咬牙切齿地瞪了皮卡一眼。

皮卡撇了撇嘴，也"哇"的一声哭了。

三姑哪里有空理他，一个劲儿地哄着那些孩子："噢，别怕呀！噢，别怕呀！……”

有几个孩子总算停住了，但过不一会儿又哭了起来。就这样哭哭停停，停停哭哭。

还有几个孩子，就一直不能住嘴，瞪着一双惊惧的眼睛，大声号啕。

其中一个叫花儿的年纪最小的小女孩，一直在三姑怀里颤抖，像一只羽毛还未长全的小鸟，立在寒风中的树枝上打着战。

哭声惊动了爷爷。他赶紧过来，问三姑：“这些孩子怎么啦?”

三姑不回答。

爷爷再一看皮卡，立即明白了。

爷爷这回生气了，抓住皮卡的胳膊，无论他怎么赖着不走，硬将他拖回家中，扔给了奶奶，然后用手指着他的鼻子：“你要是把人家孩子给惊吓了……”说完，又连忙赶到幼儿园。

爷爷哄孩子很有本领，总算让他们渐渐安静下来。虽然一个个看上去，还都是一副惊魂未定的样子，但爷爷心中有数：大概问题不大。

唯独花儿，怎么也不能从惊恐中安静下来。她缩成一团，钻在三姑的怀里，始终在发抖。

爷爷在心中叹息了一声：“麻烦了!”他让三姑且把这些孩子带好，赶紧去找花儿家的大人。

三姑的额头上满是冷汗，脸色苍白。

在爷爷的陪同下，花儿被她的妈妈抱了回去。一路上，花儿的妈妈不住地轻轻拍打着她的后背：“噢，花儿别怕噢，花儿别怕！……”

吃晚饭时，皮卡一家人神色凝重。

皮卡不肯吃饭。

晚饭后，家里除了留下四姑看皮卡，其他人都去了花儿家。

皮卡呆呆地坐在他的小椅子上。

四姑安慰皮卡：“没事的。”

皮卡的眼前，总是晃着那些惊恐的面孔，那个叫花儿的女孩总是清清楚楚地出现在他面前……

他静静地听着外面的动静。

不知为什么，四姑心头一酸，过来抱起了皮卡，走到了门外。

那天月色很好，月光洒下来，大地像汪了一层薄薄的清水。

四姑抱着皮卡来到田野上。

皮卡趴在四姑的肩上，一声不吭。

“皮卡不用怕!”四姑拍了拍他的后背。

一只野兔在月光下跑动着。

远处的老林里，有夜鸟在有一声无一声地鸣叫。

走着走着，皮卡突然说出一句立即让四姑泪珠滚滚的话：“四姑，爸爸什么时候来接我?”

四姑紧紧地抱着皮卡：“谁说爸爸要来接你呀？皮卡还要和爷爷奶奶姑姑们一起住很久呢！与爸爸说好了的，你要在油麻地待到满五岁呀!”

皮卡抬起头来望着天空。

天空有轮大月亮——有脸盆那么大。

在大河那边的花儿家，花儿的情况好像正在变得好起来。

花儿的妈妈对爷爷说：“校长，可不能吓坏了皮卡!”并让爷爷他们回去：“回去吧，天不早了。”

花儿家的大人们都过来劝说，才把爷爷他们劝出门。

花儿的爸爸又叮嘱一句：“可不能吓坏了皮卡!”

第二天，第三天，花儿都没有来幼儿园。

第四天，三姑满脸笑容地跑回家说："花儿上幼儿园了！"

皮卡听到了，跑到了大河边上。

奶奶和姑姑们都跟了出来。

皮卡站在大河边，弯曲着身子，冲着奔流的大河大声尖叫着。

一声又一声。

三姑赶紧过去，将他抱住。

从此，皮卡的尖叫声，在天地间永远地消失了……

罗圈腿的小猎狗

一条小猎狗，走在大街上，它为它的罗圈腿而感到害羞。

它的主人，也就是那个猎人，一共有十一条猎狗。

但猎人在清点狗数时，却总是只数到十。

小猎狗以为主人没有看到它，便连忙挤到最前面，但猎人的目光掠过它，还是只数到十。

小猎狗很难过。

小猎狗发誓，它要成为这个世界上跑步跑得最快的一条猎狗。

早晨，当太阳刚刚升起时，它便开始奔跑。它的目标是：超过自己的影子。

“咚！”

它一头撞在了树上，天旋地转，眼睛里金花乱飞。

定了定神，它又继续跑起来。

那十条猎狗在一旁嚷嚷："瞧啊瞧啊，一个傻瓜！"

跑着跑着，它不由得渐渐高兴起来，因为，它发现自己的影子居然越来越短了。

它又发誓，它要成为这个世界上跳高跳得最高的一条猎狗。

前面是一堵大墙。它要跳过去。

"咚！"

它的脑袋撞在墙上，晕乎乎地跌倒了。

大树下，传来一片猎狗们的笑声："哈哈，好一个傻瓜！"

小猎狗摇摇晃晃地爬起来，再一次冲向那堵大墙。

这天早晨，它一跃而起，觉得自己跳得又高又飘……

它终于越过了大墙，但却掉在了人家的养鸡场里。

炸窝一般，无数只鸡咯咯咯地惊叫着，拍着翅膀，飞得满天都是。

鸡的主人非常恼火，将小猎狗一把逮住，揪到了猎人面前："你！好好管教管教你们家的罗圈腿！"

猎人很生气，决定惩罚小猎狗。他将它带到了水潭边。

潭水十分清澈。

猎人望着潭底一块大石头说："你给我听好了，今天一天，你老老实实地待在潭边看着，别让那石头浮到水面上！"

猎人带着其他十条猎狗，去远处捕猎去了。

猎狗们叫喊着，兴奋地奔跑着。

小猎狗却只能羡慕地望着它们。

一整天，它就蹲在潭边呆呆地看着那块水底的石头。

当然，它也会走神——事实上，小猎狗会常常走神。

现在，它在思考一个重大的问题：是天大呢，还是地大呢？

当夕阳的金光照着大地时，猎人和他的十条猎狗，大呼小叫、兴高采烈地回来了。

猎人把一块一块的肉赏给了表现都很出色的猎狗们。

小猎狗流着口水，冲着猎人"汪汪汪"地叫唤着，那意思是说：在我的看守下，石头没有漂起来！

猎人顺手也扔给它一块肉，于是，它心满意足地吃起来。

它又发誓，它要成为这个世界上跳远跳得最远的一条猎狗。

前面是一条小河。

它开始起跑……

跃起，“扑通”，掉进了河里，激起了一大团水花。

河岸上，猎狗们笑成了一团：“哇，我们看到了世界上的头号大傻瓜！”

小猎狗呛了几口水，不屈不挠地爬上岸来，身子猛地一抖，水珠四溅，望着对岸，然后再一次起跑……

这天，天空很蓝，很高，小猎狗退后很远，然后吸足了气，又一次起跑，一路的尘埃在它身后翻滚。

它高高地跳起——

哇！离天空怎么这么近啊！

正巧有一群鸭子从水面游过。

它的影子吓坏了它们，它们“嘎嘎”惊叫，使劲扇动翅膀，四下逃窜。

它一惊，“扑通”掉进了河里。

正是鸭子们下蛋的季节，它们本来是要等到夜里将蛋下在鸭栏里的，不想此时受到惊吓，“扑通扑通”，全都把蛋下到了河中。

放鸭的老头非常恼火，一把揪住了正在往岸上游的小猎狗，然后将它扔在了猎人的面前："你！好好管教管教你们家的罗圈腿！"

"我该怎样惩罚你呢？"猎人望了一眼水淋淋的小猎狗，转眼看到了一片葵花田，对小猎狗说："你给我听好了：看住这些葵花，不许它们跟着太阳转！"

猎人带着其他猎狗又出发了，猎狗们欢叫着，兴奋无比地奔跑着。

小猎狗垂头丧气地望着它们。

太阳像一只金色的轮子，所有葵花都情不自禁地跟着太阳转动着。

小猎狗来回跑动，向它们"汪汪汪"地叫唤着，十分严厉地警告着它们。但，它们根本不理睬它，太阳转到哪儿它们就跟着转到哪儿。

金色的轮子一直在向西滚动。

小猎狗终于没有力气再奔跑了，趴在了地上。

有那么一刻，它又忘记了自己要做的事情，喘息着，同时开始思考一个重大问题：风和雨是一对兄弟吗？

黄昏，猎人背着猎物，唱着歌回来了，猎狗们跑前跑后，充满收获的快乐。

小猎狗灰溜溜地低着头朝猎人走过去。它在静静地等猎人的惩罚，可是猎人压根儿没有注意到它。分肉时，它照例也得到了一块肉。它一边疑惑着，一边有滋有味地吃着。

秋天，一个金色的季节。

猎人心情很好，决定为那些因丰收而喜悦的人们进行一次狩猎表演。

他有十条猎狗呢——十条英俊漂亮的猎狗。他想让人们好好瞧瞧，他的那些猎狗都是一些什么样的猎狗！

这天，猎场上来了很多人，简直是人山人海。

猎人换了一套崭新的猎服，显得十分威风。

狗们也在前一天洗了澡，毛光水滑，一条条都神气十足。

可是不久，人们就看到了一个十分糟糕的情景：一只毛发发红的公狼，愣是在十条猎狗的眼皮底下，满不在乎地跑掉了！

众人见了，一起发出“嘘——”声。

这太丢人了！

猎人觉得颜面扫尽，一声叹息，蹲了下去。

而就在这时，我们的小猎狗，我们的罗圈腿忽然发动了。它一下子蹿了出去，穿过狗群，直向山岗上的狼扑去。它快得简直像一团光，人们甚至都没有看清楚它的样子。

所有人，还有猎狗们，全惊呆了！

过了好一会儿，他（它）们才渐渐回过神来。然后，一起向小猎狗跑去的方向追去。

翻过一道山梁，又翻过一道山梁。

这时，人们远远地看到，一棵大树下，小猎狗正很安静地趴在那里。

大树下，小猎狗享受着秋天明净的阳光，正在思考着一个已经思考了无数遍的重大问题：太阳为什么每天总是从东方升起呢？

那只雄壮的公狼早已停止呼吸，一动不动地躺在已经枯黄的草丛中。

从此，猎人最喜欢的一条猎狗，就是小猎狗。他特地做了一个漂亮的皮圈，套在它的脖子上，无论去哪儿，都一定要带上它。

人们见了，就会站在一旁欣赏着，然后“啧啧啧”地感叹：“瞧啊，那四条罗圈腿，弯曲得多美啊!”

一条小猎狗，走在大街上，它为它的罗圈腿而感到骄傲。

在它后面，跟着那十条猎狗，它们排成一队，学着小猎狗走路的样子，也一律走成了罗圈腿……

愤怒的浴室

三和尚轻声哼着淮剧，躺在床上等明子和黑罐。这段时间生意不错，挣了不少钱，明子似乎也比以前温顺了一些，黑罐似乎也比以前多了几分灵动，他的心情顺畅了许多。今天下午三和尚在算账时，忽然在心里起了一丝歉疚：我得的多了一些了。他想了想，决定请明子和黑罐今晚好好下一顿馆子，在下馆子之前，请明子和黑罐先去浴池好好洗回澡。不知从什么时候起，他忽然地觉得，原来明子和黑罐是两个孩子。

明子很愉快地接受了三和尚的邀请。

洗澡对于劳动者来说，是件极开心的事。高强度的劳动，使臭汗不断流出，被风吹干后，汗结的盐霜便粘在了衣服和皮肤上。一次次流汗，一次次风干，其间，汗与污垢融合在一起，使衣服变得梆梆硬，皮肤也极不舒适。过了几天，当再一次大汗淋漓之后，从头到脚，就散发出一股酸溜溜的气味，闻者便会厌恶地皱起眉头。这时，身体常常觉得凉丝丝的，并且觉得有点死板。于是，他们就会产生去浴池洗澡的计划。在就快执行这一计划时，内心会有一种压抑不住的冲动，洗澡时的那种舒服的感觉记忆便会一次又一次地出现，直到真的进了浴池。

通常，明子他们每隔半个月洗一次澡。他们想多洗，然而因为澡价昂贵的原因，他们不得不多忍耐一些天。他们一般要洗很长时间，一是身上实在太脏，二是舍不得丢了那份舒服，三是念着那一元五角一张的澡票：要尽可能地多洗一会儿，能捞回多少是多少。先是在池子里泡，像水牛在夏天为躲避蚊虫而埋进泥水里那样。明子和黑罐皮肤嫩，在温水池里泡。三和尚觉得温水池不过瘾，总是到最里边的热水池里泡。三人直泡得浑身发红，连眼珠儿都红，直泡得脚上、手上的老茧变软变白。然后是互相搓擦，明子给黑罐搓，黑罐给明子搓，然后两人一起给三和尚搓，那泥卷儿便扑簌扑簌掉下来。搓第一遍时不打肥皂，搓了第一遍后才打肥皂，肥皂要打很多。因皮肤擦不下多少肥皂来，便将肥皂在毛巾上使劲擦，然后再将毛巾弄湿了往身上搓，只搓得浑身一片洁白的肥皂沫。清水冲净后，还要再搓，绝对要把黑脖子黑手腕搓干净。快出浴池时，那身上已被搓擦得鲜红，显得十分健康，十分有活力。出了浴池，再要一块热毛巾擦把脸，然后要了一杯开水，要了一角一包的袋茶，拎着袋茶的细线，在杯中轻轻地上下晃动着，把茶汁全晃荡出来。他们抓起杯子来慢慢地呷，心中有说不出的惬意。也就在这赤裸着身体饮茶之时，他们忘了自己的身份，忘了自己的处境，忘了卑下的苦难，觉得他们是天下第一贵族，幸福充满了心头，也充满了人间。那时，他们的神态极佳，满面红光，头发又黑又亮又湿润，眼睛活活有神。茶喝完了，裹两条浴巾，侧卧着身体睡下。极度疲劳之后的放松，使他们能倒头就睡着，一睡着就好长时间，临了总要服务员来捅他们，催他们离去。出了门，一到天空下，一经微风吹拂，更觉得身体轻松，仿佛脱了一层壳一样。活动活动关节，觉得身体灵活了许多。

三和尚他们一行三人，就是带着这些美好的记忆，踏进一家浴池的。

三和尚掏钱买了三张澡票，还掏钱买了两袋洗发膏，给明子和黑罐各一袋。他没有买，因为他不需要。

脱衣间雾蒙蒙的。就在这雾蒙蒙之中，三人各找了一张铺位，将自己脱了个赤条条一丝不挂。明子和黑罐正是容易害臊的年龄，便抓过一条毛巾来，遮住亚当夏娃也要用树叶遮住的地方，尽量弯曲着身体，快活地打着寒噤，跳跃着，赶紧往浴池跑去。三和尚觉得他俩太可笑。他最后摘掉假发，很大方地走进浴室。

浴室里雾又更浓了一些。今天洗澡的人很多，只见许多精光着的身子在雾气里闪动。过了一会儿，等眼睛适应了，比较清楚地看见这奇特的让人不好意思又叫人满心愉快的景观：有的站在莲蓬头下淋着，或仰着脖子，或低着头，一会儿伸着胳膊，一会儿用手在身前身后“咯吱咯吱”地搓挠着；有的专门花了钱，笔直地躺在大条凳上让人擦背，只见擦背人将毛巾往手上一裹，使劲地搓，使劲地擦，仿佛是在打砂纸，这么搓出一些泥条以后，便舀起一勺温水，“哗”地泼在那人身上；有的只将一颗脑袋露在外面，身体的其余部分皆泡在池水里，有时移动身体，很像水沟里的水耗子；有的弄了一身肥皂沫，好无奈地站着，等莲蓬头下的那一位离去，而那一位似乎将那莲蓬头包下了似的，淋个没完……一些肉乎乎的小孩在雾气里追逐捉迷藏，另一些小孩则将浴池变成了游泳池，双手扒住池沿，用了双足使劲地扑腾，弄得水花四溅，让那些受害者在心中骂：谁家的小兔崽子！还有一些更小的孩子，大概第一次进浴池，先是望着雾蒙蒙一片好奇，继而是烦躁或是因为看不清父亲或爷爷的脸面而恐惧，“哇哇”大哭起来，搞得很多人心烦。

但总的气氛是快活的，很快活的。

明子和黑罐自然入了温水池。

三和尚的脑袋忽闪了几下，人便到了最里面的热水池。

明子和黑罐一入了水池，忙用手绕到背后挠起来，并在口中含糊不清地发出“咝咝”声，仿佛一个饥饿的人要了一只三鲜火锅后吃了第一筷子又烫又辣又鲜的肉片。

但三和尚坚信，他此刻的享受，是明子和黑罐所没有的。那水是很热的，用三和尚的话说，煺鸡毛都行。然而，到浴池洗澡洗出瘾的人，要的就是这份热。三和尚用毛巾蘸了些水，在池沿上抓拍，减些温度，先在身上预热一遍，然后才将双足慢慢伸进热水中，继而一寸一寸地将身体丢进去，直至淹到下巴。今天的水确实很热。这使三和尚对浴池充满感激。热水刺痛了他的皮肤乃至肌肉。他微微有点痛苦，但绝不肯露出水面。他必须忍耐。他愿意忍耐，因为痛苦的那一面是舒服。慢慢地，他的身体完全适应水温了，渐渐入了大好的境界。他有点晕乎乎地，似酒后又不似酒后。他觉得五脏六腑都暖烘烘的，血液很有力量地在周身循环往复，一阵阵的，微微有点麻人。他眯起双眼。此时，他觉得四大皆空，偌大一个世界，就他一个人在仙境中飘浮。钱呀，无尽的苦恼呀，一切都去了。他有一种说不出的快乐——一种带着悲哀的快乐。他轻声哼起淮剧的悲调来。浴池具有的共鸣效应，使他的声音放大了，远远大于他所想象的，并且声音变得浑厚、圆润，去了沙哑和音的歪斜，仿佛不是他自己的声音。这使他感到新奇。他略微提高了嗓音，于是声音变得更大也更加动听。他未曾想到自己竟然有这么一副好嗓子。他还想道：原来收音机电视机里的那些唱歌的之所以唱得好听，是仗着扩音器和一个特别的房子或厅，没有这些，嗓子可能也就那么回事。他便有了歌唱家的感觉。澡洗得很舒服，心情也不坏，他想好好唱一段。他还正儿八经起来。没有黑罐的胡琴，他就自己把过门完完整整地哼出，然后，亮开嗓门唱开了。他的嗓音本来就是在野地里嚎出来的，虽然不太入耳，但很响亮。这声音一旦装入这高高的、有限的、不透风的浴池，立即壮大起来，变得十分洪亮，并有震动摇撼房顶或墙壁的力量。

许多人掉过头来朝三和尚细瞧和张望。

三和尚全然不觉。他第一回找到了自己，也第一回这样豪迈地实现自己。那声音在浴池里回荡着翻动着轰鸣着。而那声音是他三和尚的！

明子和黑罐也有点激动起来。他们没有想到，三和尚在浴池里唱起来，声音竟然如此之棒。“像老家广播里唱的。”黑罐说。明子觉得也是。作为徒弟，他们说不上喜欢更谈不上敬重这个师傅，但此时，也有几分荣耀感。

然而，这儿的人并不需要这种腔调，更不需要由三和尚之嘴将这种腔调唱出。已有人在抹去一把腋下的肥皂沫后说道：“有病！”

此时，三和尚已进入忘我境界。他已融化于那真实而粗俗的曲调里去了。他是用微带快乐的情感来唱这悲天恸地的曲调的。他觉得自己不是淹没在热水里，而是淹没在自己的声音里。那声音像漩流在他周身奔流，打着涡儿。

多么神奇的浴室！它居然能产生如此奇妙的效果，它居然使一个人发现自己又完全失去自己。

在一个莲蓬头下站着三个一般高挑的小伙子，那无可挑剔的身材，就已经显示出骑士的风度和贵族的傲慢。他们已好几次用眼睛瞪三和尚了。那目光里几乎含着一种人种的优越感。

已有许多人因为这无休止的并且越来越震动的声音而感到厌恶、烦躁、躁动不安了。

三和尚觉得身心庞然膨胀，并有一种伟人的优越感，哪能意识到这些？明子好像觉得空气里有些异样，想去提醒三和尚，但又不是一种明确的意识，望了望三和尚，也不知道自己想干什么。

有更多的人议论起来：

“这厮可找到了一个表现自己的场所了。”

“疯子。”

“这是招母狼呢。”

“应当给他嘴里塞块肥皂。”

“这已是夏天了。”

……

赤条条的身子在雾气中走动着，发出的声音都是潮湿的。

三和尚正唱到高潮处，将四肢全都舒展于热水中，将头斜倚在池沿上，仰面朝着隆起的圆顶，透过雾气，望着天窗外的一片天空，把全部的感情都放出来融到声音里去。别人的议论他一句也未听入耳中。

明子有点急了，想叫他，可是隔着两道池子，且又不知叫什么。叫“师傅”？不乐意。叫“三和尚”？又不能。拿不出主意来。

莲蓬头下的三个青年中剪了寸发的那一个，终于大声说了一句：“别唱了！”

三和尚似乎听到了又似乎没听到，因为他没有停止歌唱，依然随了曲调，一路唱下去。

一时间，说话声、泼水声、搓擦声皆停止下来。于是，三和尚的声音变得格外纯粹，仿佛一位歌唱家为灌唱片而在绝无声音的录音室里正式歌唱一般。

三和尚太荒唐。他竟把这种寂静当成他的歌唱效果了。从前，在老家演戏时，他曾许多次达到这种效果。久泡热水之中，身体有了活力，那喉咙也变得异常响。往日，有些高音三和尚是拗不上去的；即使勉强拗上去，也会发生岔音。但今天，悠悠一使劲，便很容易就唱上去了。他不可救药地陷入了自我欣赏和自我扩张的境界里去了。

莲蓬头下，又一个青年走过来："叫你别唱，听见没有?!"

三和尚这回终于听见了："说谁呢?"

"说你哪!"那个青年指着三和尚说。

三和尚望着他（他似乎看见了那个青年的胸前有一小片胸毛）："为什么不能唱?"

三和尚浓重的地方口音出来了。这口音很土气，很贫贱。

"少废话，让你别唱就别唱!""胸毛"说。

"这儿又不是你的家!"三和尚动用了小孩的逻辑。

"不是我家也不准你唱!""胸毛"说。

一直站在莲蓬头下没说话的那个青年（长得极白嫩，白得让人难为情）对“胸毛”说：“别理他。看他还敢唱!”

三和尚觉得这太不是道理，终于从水中站了起来：“为什么不能唱?”

没有人搭理他。那三个青年又都走到那个莲蓬头下面去了，把各种瓶子里的各种颜色的液体往头发上、往身上抹。其中一个打量着三和尚。他撇了撇嘴。仿佛，他从三和尚的体格上，看出了他为何等级。

明子和黑罐也都从水池中站起。

“为什么不能唱?”三和尚想不明白，固执地问。

“寸发”大声说：“你有种你就唱!”

“你骂人!”三和尚很气愤。

“我们不是骂人!”“胸毛”说。那意思是：我们骂的不是人。

明子和黑罐本能地向三和尚靠拢。他们要显示一种力量。

三和尚用方言骂了一句。那三个青年盯着三和尚望，没听出来。明子和黑罐觉得三和尚这一句骂得很得劲，于是笑了起来。

“胸毛”他们意识到三和尚刚才那一句一定是在骂他们，便将三对目光一齐射到三和尚的脸上。

“为什么不能唱?”三和尚还是这样问。

有几个人发笑了。

“白皮”很霸道:“甭废话。说不让你唱就不让你唱。”

“那不行!”三和尚说。

黑罐叫道:“就唱!”

明子不说话，挺着水淋淋的胸脯，咬着牙齿，斜瞟着“胸毛”他们。他预感到并且渴望着一场特别的更富有刺激性的真正的肉搏战。

“胸毛”说:“你信么?你敢再嚎一声，就敢揍得你满水池摸牙!”

“白皮”一副蔑视的神情。尽管光着屁股，但把那高人一等的思想还是顽强地表现了出来:“土鳖!”

温水池里有人小声说:“这就有点太欺负人了。”“不作兴这样欺负人的。”

三和尚觉得血在往脑门上冲，腿和胳膊都颤抖起来。

黑罐和明子进一步靠拢三和尚，是随时准备出击的架势。

浴池里紧张起来。

许多人离开了水池和莲蓬头，一动不动地站在那儿。

三和尚原以为光了屁股人也就都一样了，不承想，即使都是光着屁股，也还是能够看出贵贱来的。他心里有了深刻的悲哀，同时，自尊心也急剧地膨胀起来。他有了仇恨，并有了为保卫尊严而准备与对方作战的欲望。

一直与他同泡一个热水池的一位老人轻声说："别理他们这群畜生!"

三和尚感激地看了一眼老人，重又回到热水池中。

明子和黑罐像站在田埂上一样站在池沿上，俨然像两个武士。

几个外地来打短工的人隔着池沿对三和尚说："别怕，唱!"

三和尚将整个身体埋进热水："黑罐，过门!"

黑罐望着莲蓬头下的"胸毛"们，很镇静地哼着过门。

过门一结束，三和尚一拍不落地唱起来。声音依然那么洪亮。

"打他!""胸毛"说。

未等"胸毛"将话说完，"白皮"已将一块香皂、"寸发"已将一只沉甸甸的瓶子朝三和尚砸来。

两件东西都砸中了三和尚，香皂砸在了他的头顶上，瓶子砸在了他的肩胛上。他疼得咧了咧嘴，宛如蛟龙出水，霍地从水池中腾跃出来，然后说一声：“明子，黑罐，上！”自己率先冲在前面，直向“胸毛”们扑去。

于是，一场精彩绝伦、空前绝后的裸体肉搏战便在大浴池里展开了。

一方保卫尊贵，一方保卫尊严，各自都有强大的精神动力。无奈一个个光溜溜的如海鳗，全然不像身着衣服时那么容易纠缠（或勒住脖领，或揪住裤带），双方只有拳打脚踢，很难出现拳击时出现的那种贴身场面。但也正因为如此，一击一还也就变得结结实实（何况赤条条呢？）。吃亏的自然是三和尚他们。他们的胳膊是劳动者的胳膊，似乎比人家的短了一些，况且明子和黑罐还未长开。但三和尚胳膊却是粗的，拳头一旦真的击中对方，那也是一下子就是一下子的。

人们都很兴奋。打架就够刺激的了，何况是这么个打法？无数个赤条条在跑动、闪耀、聚拢、散开；赤条条、赤条条，赤条条的运动。

池沿上站着几排态度截然相反的赤条条。一方支持三和尚他们："打！太欺负人了！""死也不能咽下这口气！"并且有一个赤条条用不知哪儿的方言出着在这时候做起来极方便的损招。一方支援"胸毛"们："揍这些土鳖们！""让他们瞧瞧这在什么地界上！"前者似乎虚弱一些，在支援三和尚他们时，怕自己也成为被攻击的对象。

地上到处是滑乎乎的浴液之类的东西，首先滑倒的是"白皮"，并且跌得很重，谁都听见了一声钝响。"白皮"想立即潇洒地弹跳起来，不想，由于性急，反而在爬起的过程中，像初上冰场的人一样滑倒了两次，最后竟是抱着水管子爬起来的。这就大大伤害了"白皮"的尊贵。

三和尚他们却一个个都站得很坚定。这要感谢乡村道路雨后的泥泞。他们老家那儿的泥土皆为黏土，稍微被雨一浇，便黏滑无比，必须光脚丫子走路。走路时，十只脚趾要紧紧扒住最下层尚未烂了的泥土。天长日久，那些脚趾几乎都有了吸盘的功能，即使站在油上，他们也无滑倒之虞。三和尚他们意识到这一长处，有一阵，很有效地打击了"胸毛"们，使"胸毛"们连连摔倒。

黑罐趁机砸了几只海绵拖鞋。

明子在情绪亢奋中略带几分紧张，极机灵地绕到“胸毛”们的背后，而给予出其不意的打击。或给一拳，或给一掐，一得手便像一只小鹿迅速逃开，嘴里骂着：“妈的巴拉子的！”

三和尚的秃顶在灯光下闪亮，直打得眼前一片雾气，常常打出无用的一拳，嘴里在不住地说：“看你们拿人不当人！”

“寸发”在一堆赤条条中一闪不见。过了一会儿，他又从一堆赤条条中闪出。他手里抓了一只小木盒，当三和尚欲与“白皮”交手时，突然起手，将木盒掷了出去。

三和尚躲闪不及，被砸中了。他只觉得天旋地转，打了一个踉跄，终于跌倒在地。

“胸毛”们趁机扑上来，将三和尚按在了地上，并对其进行歇斯底里的报复。他们将三和尚反扣在地，反扭住他的胳膊，用膝盖跪于他的腰间，空手的便挥起拳头，朝三和尚劈头盖脸乱揍一气。殴打之中，他们并无与同伙相斗时的那种纯粹的仇视感觉，此时，他们的感觉类似古罗马贵族观看平民以刃相残时的快感。打击是快乐、过瘾的。

明子和黑罐一次又一次地去冲撞，去拉扯，都无太大作用。

三和尚在粗糙的、潮湿的地上呻吟着。

一位精瘦如柴的老人过来说："放了他吧！"

"白皮"说："除非让他叫我一声'爷爷'！"

三和尚欲想起来唾之以面，但被"寸发"按住了脑袋。

黑罐哭起来了。

明子也束手无策。

人们都站着不动，但已全无刚才的兴奋和激动了。

"胸毛"们仍然不肯饶恕三和尚，用各种侮辱性的语言咒骂着他。

明子的眼睛在雾气里燃烧着仇恨的光芒。他突然转过身去，从地上抓了两条毛巾，跑到热水池的后边，扳开热水泵的开关，并操起一支类似消防用的热水喷头，拖着皮管，往这边冲来。热水喷到空中，顿时热雾腾腾。

赤条条从一边涌向另一边，又从另一边涌向这一边。

"烫他们！烫他们！"黑罐跳起来大叫着。

一些赤条条躲到了墙角，大部分鱼贯而出。

此时，喷头对准了“胸毛”们。明子像端着一支枪一步步逼过来。

“胸毛”们仍不肯放下三和尚。“白皮”叫道：“你冲吧，反正，他也在下面。”

黑罐叫道：“他不怕烫，怕烫的是你们这些白肉！明子，烫他们，烫呀！”

明子几步冲过来，一扬喷头，滚烫的热水便“噗噗噗”地喷到了“胸毛”们的身上，烫得“胸毛”们“哎哟哎哟”地叫唤，丢开三和尚，掉头就向外逃窜。明子紧追过来，又把他们狠烫了一阵。

三和尚一下子动弹不了，挣扎了几下，才侧起身子。他的嘴角流出一缕血来。

明子扔下水管，与黑罐一起将他从地上搀扶起来。

被惊动了的浴池保卫人员，这时出现在浴池门口：“你们几个，冲洗冲洗就出来！”

（选自长篇小说《山羊不吃天堂草》）

海边的屋

海滩上，就只剩这一座茅屋。

霜走到爷爷身边去，和他一起坐在海边上。爷爷没有偏头瞧一瞧，就知道是孙子来了。他把手指粗短僵直、手掌圆而厚的大手放在霜的肩上，苍老的眼睛依然望着海。

海是彩色的，近处呈黄色，不远处呈绿色，远处呈蓝色，更远处是一片黑色。阳光从云罅里射下来，像一把金色的巨大扫帚。云慢慢地散开了，阳光将海染上玫瑰色。

岸边，一只小木船随着海水的起落轻轻地颠簸着。

爷爷只肯朝正前方的大海看。霜陪着爷爷看了一会儿海，注意力就被其他东西引开了：远处，海湾的尽头，正在拆毁一艘巨大的远洋海轮。切割钢板的蓝色火花，刺眼但很美丽。据说，要拆一年才能把它拆完。现在已切割得参差不齐，像一只残缺丑陋的黑色怪兽。

过一会儿，霜又完全背对大海望去。出现在他眼前的是几座新建成的乳白色的、米黄色的和浅蓝色的楼。建筑还在向海边延伸。天空下，吊车骄横地伸着钢铁的巨臂。就在这些楼房的脚下，他家的茅屋孤零零地站立着。霜忽然觉得它很可怜，很丑。若不是爷爷的固执，这座茅屋去年就被推土机给推翻了。

太阳又升高了些，人们陆陆续续地到海边游泳来了，海滩渐渐热闹起来。沙子是银白色的，被潮水冲出一条条波纹，图案很好看。但不一会儿就被无数男人的和女人的脚践踏了，海滩上是一片混乱的脚印。他们在海滩上竖起一把把红的、蓝的、白的、金黄的……各种颜色的太阳伞。在海水中游累了，他们就舒展地摊开四肢，在伞下歇着，洁白的肌肤，在太阳下泛着白光。这些人有点贪婪，恨不能把衣服都剥光了来享受海风、海水、沙滩和海空的太阳。海滩上闹声嚷嚷，其间还夹着年轻女人放肆的笑声。

爷爷不看他们。

一个穿着杏黄色游泳衣的小女孩朝霜跑过来，挥着长长的胳膊："霜！"

"月！"霜认出她来了，站了起来，朝她跑去，跑了几步，他停住了，掉头去看爷爷的脸色。见爷爷并未用目光阻止他，他又朝月跑去。

爷爷轻轻叹息了一声。

月家原先也住在海边，去年搬进城里去了。霜和月是在这海滩上一起光屁股玩大的。他们双膝跪着，用湿沙子垒新房，做各种各样的动物和器具。他们打架，赤着身子，抱在一起，在海滩上滚动。他们一起与妈妈们坐在海边上，静静地等爷爷和爸爸们从遥远的海上打鱼归来。他们驾着小木船，在近处的海上钓鱼网虾，或到前面那座礁石上捉蟹。他们把皮肤晒得一样黑，一样有弹性。

曾与月耳鬓厮磨的霜现在见到月，显得拘束、害臊。城市把黑月变成了一个白月。霜不看月的眼睛，低头偷偷地望着月细长的、白嫩得透明的腿，再看看自己的肤色，他觉得月一下离他很远很远了。

"想进城吗？"月问。

霜说不清。

“城里好吗?”霜问。

月点点头，然后滔滔不绝地向他诉说城里的若干好处。说到后来，月在沙滩上坐下了，把腿朝前伸直，用胳膊支着身体：“城里也不都好。”她眼睛睁大了，痴迷地望着海。

霜离月远远地坐着。

若不是爷爷，霜家去年就和月家一起进城了。当推土机要朝霜家的茅屋开来时，爷爷吼叫着冲上去躺在了推土机的轮下，吓得推土机倒了回去。爷爷的脾气变得很坏，动不动就骂爸爸忘记祖宗。霜听爷爷说过，他们家祖祖辈辈就生活在海边上。还有一桩事，大概也是爷爷不肯离开大海的原因。爷爷八岁那年，跟霜的曾祖父到海上去打鱼，大雾把船困在海上五天五夜。曾祖父把一罐淡水全都让给了爷爷。在浓雾退去时，曾祖父活活渴死了。霜还小，可他似乎能够理解爷爷。在爷爷被人从地上拉起后，他不再嚷嚷着要和月他们一起离开海边了。

说实在的，霜还挺喜欢海的。

起风了，海上起了密密麻麻的浪，远看像一条条银色的大鱼跃出水面，然后又扎入水中。海水冲击着岸边的沙滩，沙被搅起，水里闪着金屑。

“还记得帮大人们拉网吗?”月问。

霜点点头。

夏季是捕捞梭子鱼的季节。这种鱼全都来到离海岸很近的浅海里，只需将网用船运到离海岸三百米的地方撒了，然后在岸上拉就行了。两支长长的队伍，分别拉着两根网绳，将网朝岸边慢慢拢来。几乎全渔村的人都来拉网了。霜和月夹在大人中间，双手紧抓网绳，双脚蹬着沙滩，鼓着腮帮子，身子几乎倾斜到地面，用力拉着。两支队伍慢慢合拢了。当网离岸边十来步远，鱼儿跃出水面的时候，人们就再也控制不住了，激动得嗷嗷地叫起来。霜和月松了网绳，朝水边跑去，用手去抓被网赶到边上的梭子鱼。那鱼很漂亮，长长的嘴，修长的身体是透明的，像一根淡蓝色的冰凌。可冰凌是坚硬的，而它是柔软的。一网拉上好多好多，在太阳下闪烁着银色的光。

可是现在渔村消失了，海滩全都被游人们占领了。

“我们明天也要搬家了。”霜说。

“你爷爷同意啦？”

霜摇摇头。

“他不同意怎么好搬家呢？”

“爸爸说，我们走，让他一个人住这儿。”

风大了，海水汹涌起来，一道道锯齿一般的水线，急速朝岸边推进，水声轰轰隆隆。

“月，”月的爸爸在叫她，“回家啦！”

“我在城里等你。”月对霜说。

霜点点头。

月走出去十来步远，掉过头来：“快点到城里来！”

霜朝她摇摇手。

一会儿工夫，海滩上的人都撤走了，留了满滩的罐头盒、啤酒瓶、塑料袋，把海滩弄得很不像样子。

爷爷一直坐在海边上。

天晚了，月亮升上来了。月光照着爷爷，他的脸是古铜色的。霜疼爷爷，又陪他坐在海边上。

海又安静下来，均匀地呼吸着。细浪的声音，在夜空下温柔地传播着。在极遥远的地方，有几星神秘、朦胧的渔火。夜空里还有海鸟的叫声。空气湿润得像是下细软的毛毛雨，夜晚的海显得深邃莫测。

霜和爷爷就这么长久地默默地坐着。

爷爷轻轻地哼唱起来。不知是一首什么老歌。那歌比他人还要老——老多了。

海湾尽头，那艘残缺的海轮，还在被切割着，爆着蓝光。

爷爷把霜拢到怀里："你明天也要走吗？"

霜伏在爷爷的膝上不吭声。

"走吧。有空回来看看爷爷。爷爷真傻，还指望你以后能出海打鱼呢。"

"跟我们一起走吧，爷爷。"

"爷爷老了，不想再动了。"

后来，霜伏在爷爷的膝上睡着了……

搬进城里后，霜几乎整天想念爷爷和大海。有时，想着想着就哭了。月也哭。可是都不知道为什么要哭。哭得没有道理。霜隔几天就坐车来看爷爷。爷爷一日一日地消瘦下去，打鱼人特有的阔背渐渐驼了，干燥的灰发，蓬乱地堆在头上。

茅屋顽梗似的挺立着。

起重机、大卡车、推土机、挖掘机……那些寒森森的钢铁怪物，正一寸一寸地朝茅屋逼来。那热闹的轰鸣声实在叫人兴奋。

霜又来看爷爷了。

爷爷手里举着一只火把，目光呆呆地望着茅屋。

霜坐在地上，不声不响地看着吼叫着的机器。

爷爷手中的火把颤抖着，火苗古怪地扭动着。爷爷的阔背一阵微颤，火把从他手中飞到茅屋上。

屋着了，火越燃越大。正是黄昏，通红的火光把爷爷粗糙的脸照得一片明朗。大火在乳白色的大楼面前，在被霞光染成胭脂色的天幕下，很壮观。火的轰轰声，海的呼啸声，机器的轰鸣声融合在一起，十分动人。

霜抱着爷爷的胳膊。

火把茅屋烧成一摊灰烬。霜和爷爷一起走向大海。

木船被浪冲击得一会儿靠近岸，一会儿离开岸。

爷爷挥了挥手。

霜走下去，解了缆绳。

浪把小船卷走了，它在空大的海上随风漂泊着，载着流霞。远了，远了，还剩树叶那么大了……

稻香渡

1

稻香渡是坐落在大河边上的一个村子。

今天的稻香渡有点兴奋，因为今天这里将迎来一批从苏州城里来的知青。听说，全是女孩子。来这一带插队的知青，不知是什么原因，都是男女分开派往各个村子的。

稻香渡的男女老少，好像都希望分到稻香渡的是女知青。理由也说不出太多，总而言之，就是希望分到稻香渡的是女知青。

毛胡子队长一大早就带领几个壮实的年轻农民驾船去二十里外的油麻地接她们了。油麻地是一个大镇子，有轮船码头。城里来的知青从县城坐轮船到油麻地，随即就按男女编队分往油麻地周围的若干个村子。

午后的太阳十分明亮。

稻香渡的河边上挤满了人，都在向大河的尽头眺望着。

一些小孩子挤在大人堆里，看不到大河，就不住地问：“看到船了吗？”有人说：“还没有看到船。”有人却说：“看到了，呶，那不是我们稻香渡的大船吗？”那些看不到大河的孩子分不清谁的话是真的，就仰着脸问：“真的看到船了吗？”那些大人要么就是故意不答，让那些孩子着急去，要么就是没有将那些孩子当一回事，对于他们的追问无动于衷，只将心思放在对大河尽头的眺望上。那些孩子心里明白了，不能指望这些大人会对他们有个认真的态度，就只好凭自己的力气与身体的小巧灵活，在大人们之间的缝隙里钻来钻去，企图钻到人群的前面去。几个瘦小的孩子，竟然从大人的裤裆下钻了过去。有个女孩看到了，就说：“不要脸！”

细米不用这样着急，因为他早爬上了村头的那棵高大的槐树。他稳稳地坐在一根横枝上，垂挂着的两条腿，还悠闲地摆来摆去，一副很舒服的样子。大河在他眼里，是一条没有任何遮挡的大河。

大树底下站着红藕。

红藕也看不到大河，但红藕并不很着急，因为红藕有细米——细米会在树上不住地向她描述大河的：

“大河光光的。”

“有条船，是一条小船，好像是放鱼鹰的。”

“从大河那头飞来了一群鸟，往北飞去了。”

“有一群野鸭落到那边芦苇塘里了。”

……

红藕仰着脸望着树上的细米。有阳光透过树叶照射下来，她的眼睛眯缝着。

但，细米并不低头看红藕，他直朝大河看。细米是一个爱脸红的男孩，尤其是在红藕面前。

红藕比细米大方多了，尽管她知道三鼻涕他们几个会不时地掉过头来不怀好意地看他们，但红藕不在乎，红藕就是喜欢跟细米待在一起。再说，红藕是有理由的：她是细米舅家的孩子，细米是她姑家的孩子，细米大她两个月，但也是她的小表哥呀。

三鼻涕挤到了树下，向树上的细米问："看到船了吗？"

细米没有心思理会三鼻涕，依然眺望他的大河。

三鼻涕在等待树上的消息时，两道清水鼻涕已悄悄地朝嘴边流去。三鼻涕需要聚精会神地管他的这两道永远在流淌的鼻涕，因为只要注意力一到别处，它们就会探头探脑地跑出来。如果是一件事物紧紧地吸引住了他，或是一个心思紧紧地纠缠住了他，它们甚至会越过他的嘴巴，直到有人说："鼻涕过河啦！"他才突然一收走开了的注意力，紧接着就小肚子一扁，一使劲，"哧"的一声，将它们吸了回去，不留一点痕迹。有时，老师对他说："你还能不能管住你的那两道鼻涕？"三鼻涕无法回答。那两道鼻涕仿佛是两个有生命的并且很淘气的小活物，它们总是在观察着自己的主人，只要主人一走神，它们就会跑出门外，看看外面的世界，而主人一回过神来，它们就又赶紧溜回去，你说三鼻涕到底是管住了它们还是没有管住它们？

三鼻涕仰望着树上的细米，仿佛细米就是那条大河，就是那条载着女知青的大船。直到脖子酸了，他也没有听到细米的回答，便又追问了一句："看到了吗？"

细米歪头看了他一眼，说："看到了也不告诉你。"

三鼻涕有点生气，捡起地上一块小瓦片要朝树上砸。而当他看到细米瞪着眼睛、在用神情对他说"你敢"时，手一松，将瓦片丢在了地上，说了句既无奈又很可笑的话："那你要告诉谁呀？"

不远处站着另一个女孩琴子。她看了一眼红藕，说："告诉红藕呀。"说完，既不看看红藕的脸色，也不看看红藕是否追了过来，就赶紧一头钻进人缝里逃跑了。

于是十几个男孩和女孩好像早约好了似的，男孩一起喊："细米！"女孩就立即呼应："红藕！"

"细米！""红藕！""细米！""红藕！"……

喊声此起彼落。

树上的细米红着脸，他真想一拉裤带，朝树下那个喊得最凶的男孩嘴里滋泡尿。他的尿是尿得又准又狠的，对于这一点，他心中有数。但当着那么多人的面，尤其是想到还有那么多女孩在场，他又不能照他这一恶恶的念头去做。他唯一能做的，就是装着没听见，硬坐在横枝上不吭声。

终于有一个大人受不了这群孩子的聒噪，大发一声："别嚷嚷了！”才算将喊声平息了下去。

不知是等乏了，等得没有兴致了，还是从路途的长远算出大船回来还要有一些时候，河边上的人群有点松弛下来，一些人先回家了，留在河边上的也就看着，不再大声说话了。那些孩子倒都没有走开，在各自选择的位置站好、坐好，仿佛在一个硕大无朋的剧场里等待着一场大戏的开幕。

“不告诉我拉倒！”三鼻涕说，趁人稀，及时地挤到前面去了。

有片刻工夫，细米不再在心里惦记大河尽头将要出现的大船。他安静地坐在横枝上，观望着春天阳光下的稻香渡——

春天的雨水多，地里又不太需要水，太阳还没有多大蒸发水汽的力量，大河变得十分开阔与饱满。此刻，只有一丝小风轻轻地吹过，河面上起了细密的波纹，仿佛有成千上万条银色的小鱼游到了水面上。阳光下的草屋与瓦房，既有规则又无规则地排列着，散落着，宁静地勾画出一个既紧凑又稀松的村落。一条不大不小的河从大河分出，流过村后，河那边是稻香渡中学。细米是校长的儿子，他的家就在校园里。细米看到了稻香渡中学的旗杆与红旗，还看到了院子里的妈妈与他的小狗翘翘。细米什么都看到了：两岸的麦田、水塘边啃草的牛、停在小河里的船、慢悠悠旋转着的风车、在地里觅食的各种颜色的鸽子、东一簇西一簇的芦苇和菖蒲、河滩上的垃场、几户人家的炊烟……稻香渡有的是景色。此时，这些景色都笼罩在一片静谧的氛围之中，仿佛在耐心地等待着什么。

忽地有人大声喊："看哪，船回来啦!"

这一声喊过后，看着大河的与没有看到大河的都盲目地跟着喊："船回来啦!"

喊声如潮，将那些暂时回家的人统统喊了出来，村巷里一片喊声，一片"哧嗵哧嗵"的脚步声，其间夹杂着狗吠声，人们都朝河边跑来。

站在前边的人，起初以为自己一下没有看清大河尽头的景象，听众人都喊"船回来啦"，心里有些疑惑，但又没有把握确定是否真有船，也就跟着喊，等入神看了又看终于没有见到船的影子后，才疑惑地问："哪儿有船呀?"

"哪儿有船呀?"

"哪儿有船呀?"

数不清的大人与小孩不看大河的尽头，却都在互相望着问，仿佛对方的脸才是那条大河。

“没有船……”细米在那根横枝上站了起来，起初是犹犹豫豫地说，随即对下面的人喊，“根本没有船！”

“谁说看到船啦？”有人问。

“谁说看到船啦？”无数的被戏弄了的人，很生气地追问。

空中响起一阵粗野的、带了几分恶毒的笑声。这笑声是捏着嗓子发出的：“哈哈哈，哈哈哈……”

在靠河边的一幢高高的瓦房的房顶上站着小七子。

地上的人看小七子时，看见了一片一片春天的云正从他身后白马般地跑过。

小七子光头，穿着一件松松垮垮的长裤，上身却光溜溜的没有一丝布。一根宽宽的皮带，紧紧地勒在腰上，勒出一个圆溜溜的肚皮。皮带有点长，余出的一截，就耷拉在那里，更将小七子装点得吊儿郎当。

人们望着小七子，谁也不说话。

瓦房主人先是待在屋里的，觉得屋顶上有动静，就跑出门来，仰头看到了小七子，大声问："小七子，你要干什么？"

小七子觉得瓦房的主人问得有点奇怪："干什么？能干什么？看船！"

"你下来！"

"我为什么要下来？"小七子在屋顶上坐下了，还将两腿尽量撇开，摆出一副很舒坦的样子。

瓦房主人操起一块砖，朝房顶上威胁道："你下来不下来？"

瓦房主人是个杀猪的，也许是稻香渡唯一的一个能使小七子感到惧怕的人。小七子站了起来，但还是没有显示出他要从瓦房顶上下来的样子。

瓦房主人身子向后一仰，随即向前一倾，将一块整砖朝小七子砸去。

人群"哇"了一声，这一声里有吃惊，又有痛快。

小七子一闪腰，躲过了那块砖。

砖坠落到了瓦房的那边，砸在瓦上，就听见一声清脆的瓦的粉碎声，随即又听到了砖头在瓦上向下滚动的骨碌声。

在瓦房主人的感觉里，这砖仿佛是从他心头上锐利地滚过。

他指着小七子，一时说不出话来。

小七子仔细地察看了一下，掉过头来说："一共碎了五片瓦。"他对众人说，"这怪不得我。"

瓦房主人说："你等着，我拿渔叉叉穿了你！"说罢，冲进院子。

小七子背过身去，解开裤子。

地上的人们看到了两瓣白得耀眼的屁股，随即又看到了一股细流从小七子的裤裆里流泻出来。

女孩子们纷纷低下头或转过脸去。

当瓦房主人抓着一杆长长的渔叉跑出院门时，小七子已跳到挨着房子堆放的一个草垛上，旋即就没人影了。

瓦房主人不管眼前有没有小七子，将渔叉固执地瞄在空中，仿佛有一条鱼会忽然地从半空中出现似的。

人们的注意力又回到了大河上。他们看看天上的太阳，相信大船马上就要出现了。

不知是什么时候，已被人暂时忘记了的小七子又在人群的背后悄然无声地出现了。凡看到他的人，都远远地躲着他。这使小七子很恼火，嘴往地上吐着唾沫，心里在骂人。

几只喜鹊从河这边飞到河那边，又从河那边飞到河这边，在大河的上空留下了一串“喳喳”声。

细米仿佛有了一种预感，将眼睛睁大了朝大河的尽头看……

细米忽然叫了起来：“船！”他忘了自己是在树上，抓住树枝的手松开了，朝大河尽头指去，差点从树上跌落下来。

孩子的眼睛比大人的尖，随后，有四五个孩子同时看到了船——尽管它显得那么小那么模糊。

一叶白帆渐渐地明朗起来，并且越来越大。

“船回来了！”“船回来了！” ……河岸上挤满了人，但却就这一句话。

孩子们比大人更要兴奋，因为，这些女知青将要一个一个地被分到一户户人家——他们家将拥有一个从苏州城里来的女孩儿。当然，他们一个个也有点忐忑不安，因为，不可能每家每户都能分到一位。

从昨天晚上开始，细米就在想：我们家能分得一个吗？他觉得，他家是最有条件分得一个的，因为他家有富余的房子，再说，爸爸的学校也有一间空着的宿舍。但，细米还是有点不太放心。他真的很希望他家能分得一个。他也说不清楚自己为什么会这样希望。

三鼻涕在河边蹦跳着："来啦！来啦！"

细米想：你高兴什么？冲你的鼻涕，也不会分你家一个的。

翘翘不知什么时候跑来了。它先是将爪子搭在树干上冲细米叫，见细米不怎么理会它，就跑到水边上去了。见那群孩子欢叫，它也冲着正在往这里驶来的大船叫起来。

能隐隐约约地看见大船上的人了，孩子们开始欢腾起来。

小七子一直没有挤到前头，他似乎也不怎么想挤到前头。当前面的欢声笑语传到他耳朵里时，他心里很烦躁，甚至很恼火。

一个叫树窗的男孩正在结结实实的人墙背后很用力地往前挤着，但挤了半天，也没有挤开一道缝隙。

小七子一直在一旁看着树窗。他觉得树窗像一头欲要钻进猪栏但无奈被紧关着的猪栏挡住了的猪。

树窗又一次撞击着人墙，但他的力气实在太小了，被人墙弹了回来。

小七子笑了。

树窗回头看了一眼小七子，便走开，到另一处撞击人墙去了。

小七子开始往一条巷子里后退——后退了足足有五十米远。当他看到树窗准备再一次撞击人墙时，突然发动自己的双腿，然后开始不住地加速。就在树窗撞到人墙的那一刹那，他猛烈地撞在了树窗的后背上，随着树窗的一声尖叫，人墙向前扑去。一层压一层，犹如后浪推前浪，奔涌向前……

细米朝红藕大声喊着："抱住树!"

红藕在汹涌的人流中死死地抱住了树。她看到许多人留不住脚步，从她身边滑过，向前扑去。

细米很快就看到站在最前面的人，"哗啦啦"倒下去一片，掉进大河，激起一团团水花。

一些小小孩落进水中，呛了几口水，挣扎出水面，胡乱地挥舞着双手。

幸好到处是大人，随即许多人跳进水中，将这些小小孩一个个拉回岸上。

岸边一片哭爹叫娘声。

三鼻涕也被挤落水中，自己爬上岸来后，发现少了一只鞋，叫着："鞋子！鞋子！我的鞋子！"

一只黑色的、鞋头已有了一个窟窿的鞋，正像一只丑陋的小鸭，在水面上漂着。

三鼻涕拎着另一只湿鞋，在水边上追赶着："鞋子！鞋子！我的鞋子！"

细米坐在横枝上，学着三鼻涕的声音："鞋子！鞋子！我的鞋子！"

人群"哄"的一声笑了。

许多人开始追问刚才是谁从后面猛烈地推倒了人墙，很快追到了树窗的头上。

树窗指着小七子："是他推的我！"

小七子说："谁看见啦？谁证明？"

树窗的母亲走过来，拉起了树窗："你不能离他远点？"

树窗说："我没有挨着他，是他撞了我！"

树窗的母亲看了一眼小七子，十分厌恶地小声说了一句："万人嫌！"然后抓住树窗的胳膊，将他远远地拉到一边。

很多人都掉过头来瞥了小七子一眼，谁也不理会他。

三鼻涕的鞋子渐渐漂远了。

三鼻涕不屈不挠地叫着："鞋子！鞋子！我的鞋子！"

但他的声音很快被欢迎的锣鼓声淹没了——大船已十分清晰地驶进了稻香渡人的视野。

一叶巨大的白帆正在风中颤动，将明亮的阳光反射到岸边的树上、房子上和人的脸上。

当大船距离水码头还有五十米远的时候，当船上的女孩儿已一个一个被看清楚之后，不知为什么，稻香渡的人全部被眼前的情景震住了。于是鼓槌停住了，锣也不敲了，"唧唧喳喳"的说话声也消失了，剩下的就只有一片寂静。

所有的人定定地站在自己的位置上，谁也不再挤谁，各种姿态全都凝固在了岸边——十几个女孩儿，有的坐在船头上，有的坐在船棚顶上，有的站在船的尾部，还有两个互相倚着站在大帆下。不同的姿态，也都好像凝固在了大船上。

只有船在动，船头发出"泼剌泼剌"的水响。

稻香渡很少有人见过长成这样的女孩儿。她们的形体、服饰、面容、肤色与姿态，皆与岸上的稻香渡人形成鲜明的对比。她们优雅而美丽，带着城市少女特有的文静、安恬、羞怯与一种让人怜爱的柔弱。她们有几许兴奋，又有一番怯生生的样子，仿佛一群长飞的鸽子因要在半途中落下觅食而落在了一片陌生的田野上，让人有一种只要一有动静，它们就会立即飞掉的感觉。

同样是麦子，但却是另一种麦子；同样是稻子，但却是另一种稻子；同样是人，但却是另一种人。

对于乡下人来说，她们仿佛来自天国。

其中一位，用一块红手帕绾着一束乌黑的头发，看上去好像是她们中间年龄最小的。

无数的喜鹊在大河上空飞来飞去，稻香渡的老人事后说，从来没有见过这么多喜鹊。

翘翘站在水边，呆头呆脑地望着大船。

船推着水，船头“噗噗噗”地跳着水花。风吹过帆索的“呜呜”声也都能听得真真切切。岸上的人还听到从船上传来的歌声——有两个女孩在低声唱歌，用的是另样的腔调，稻香渡人所不熟悉的腔调，很动人的腔调。

三鼻涕已不再去追他的鞋子。他提着另一只鞋，傻呆呆地站在水边。大船推起的波浪不时将他的双脚淹没。

白帆几乎就要遮蔽人们的视野。

就在这寂静之中，空中响起清脆的“哒哒”声——大帆落下了。

一直在掌舵的毛胡子队长大声吼叫：“一个个愣着干什么？锣鼓！鞭炮！”

2

于是，锣鼓敲响了，鞭炮炸响了，细米家的狗也吠开了。

河岸上一片骚动。

船头上，一个大汉叫着：“闪开！闪开！”抓着缆绳跳到码头上，然后像牵住牛鼻子的放牛人一般，将还在向前滑行的大船紧紧牵住，直到它的身体慢慢地贴靠在码头上。

这回是大船安静了，其余的一切却都动弹起来。

细米在树上待不住了，双手抓住横枝，身体垂落下来，摆动了几下之后，很飘逸地就落到了地上。

跳板搭好，女孩儿们开始下船了。

人群像被一股风吹着似的，自动闪开了一条道。

女孩儿们个个都很精神，在稻香渡男女老少朴素而热情的目光下，羞涩地微笑着。她们在通过跳板时，都有点紧张，但走过跳板、踏上码头的石阶时，又变得身体轻盈。比起差不多大岁数的稻香渡的姑娘们，她们的身体似乎有更好的弹性与灵活性。

人们纷纷上船帮她们往岸上搬运行李，为了让跳板空出来留给女孩儿们走，他们许多人涉水爬上船，拿了行李，又涉水上岸。

那个绾着红手帕的女孩儿等所有的女孩儿都上了岸，还独自站在船头上。她双手抓住一只皮箱，双腿几乎被皮箱挡住了，只露出一双脚来。或许是她的胳膊本来就长，或许是那皮箱可能有点分量将她的胳膊拉长了，总而言之，她的胳膊显得长长的。

她有点胆怯地望着这块只有五六寸宽的跳板，不敢将脚踏上去。

不知为什么，人们都看着她，忘了上去帮她拿过皮箱再将她搀上岸来，仿佛倒希望她永远就这副模样站在船头上，让他们就这样静静地看着。

细米一直站在浅水里。从大船靠岸的那一刻起，他就在那儿一动不动地站着。他呆呆的、傻傻的、清澈的、充满好奇同时又显得很灵动的目光，虽然也不时地看看这个女孩儿再看看那个女孩儿，但大多数时间里，他在看绾着红手帕的女孩儿。不知为什么，每当他看到她时，他心中就会生长出羞涩，并很快映到脸上。他觉得自己在看她时，是属于那种“偷偷看”的看。他有一种模模糊糊的奇怪感觉：他似乎在哪儿见过她。

还是没有人过去帮她拿过皮箱。

她转动着头，她的目光好像在这陌生的天空下寻找什么。

她看到了细米，不知为什么，她游移的、飘忽的目光就在他那张脸上轻轻停住了。她一时忘记了自己的处境，只想着：这是一个长得很好看的小男孩。

她也模模糊糊地觉得自己好像在哪儿见过他。

毛胡子队长在岸上问：“都上来了吧？都上来了吧？”

有人回答：“还有一个。”

但依然没有一个人过去帮她拿过皮箱。

毛胡子队长说："胆放大一点，上来吧。"

她看了看跳板，依然没有将脚踏上去。她又转过头来，看着细米。

翘翘突然"汪"地叫唤了一声，并朝大船跑去。它立直了身子，将双爪搭在跳板上，歪着脑袋看了一会儿她，又转身跑向细米。

细米仿佛忽然从她的目光里听到了一种呼唤，下意识地挪动脚步朝大船走去。走了几步，他便开始跑动，并且越跑越快，溅起一路水花。

她就一直看着他跑过来。

他站到了船边，气喘吁吁地仰脸望着她，然后伸过双手要抱起她手中的那只皮箱。

她微微弯下腰，用眼睛问他：你能行吗？

他点点头。

她蹲下，将皮箱交给了他。

他抱住了皮箱。大概是他错误地估计了皮箱的重量，或是因为皮箱太滑的缘故，要不就是他们的交接有点问题，她刚一松手，皮箱便从他的胳膊里滑脱出去，落进了水中。

岸上不少人“呀”了一声。

他连忙去抓那箱子，但脚底下一滑，身体先失去了平衡，歪倒在水中。

等他站稳时，小七子“咯咯咯”地大笑起来。

皮箱已经漂出去一丈远了。

他连忙朝皮箱游去。

翘翘摇了摇尾巴，也纵身一跃，朝皮箱游去。

皮箱在水上漂着，很像一只船。

他抓住了箱把，将它拉了回来。等能站稳时，他将它用力举起，然后将它顶在头上，一步一步，稳稳当当地走上了岸。

他回头看着她，目光在说：没事的，走上来吧。

她就走上了跳板。

他顶着皮箱，一级一级地攀登着台阶。潮湿的衣服在“啪嗒啪嗒”地滴水。

她踏着他潮湿的脚印，跟在他后面。

三鼻涕跑下来，想给他帮忙，他一脚将三鼻涕踢开了。

她回到了女孩儿们当中。

但，他却还将皮箱顶在自己头上。

红藕提醒他："将皮箱还给人家呀。"

细米这才想起将皮箱放到她跟前。

她朝细米笑了笑。

随即，细米转身走到了大人的身后。

稻香渡的人将这些女孩儿围在了当中。

老人们议论着："人家城里姑娘美得！""一个个嫩葱似的。""白得像面捏的。""脸蛋儿也好看。"……乡下人最喜欢去品评人的长相，尤其是老人们。他们又格外喜欢品评孩子与大姑娘、大小伙子。

女孩儿们虽然不能听懂这里的老人们的话，但她们知道老人们在品评她们，便一个个显得有点害臊。

村东头的丁大奶奶，几乎要将脸靠到女孩儿们的脸上，眯着昏花的老眼打量着她们。她用黑黑的、瘦骨嶙峋的手抓住绾红手帕的女孩儿的手，正过来反过去地反复看着。后来，她将绾红手帕的女孩儿的一只手放在左手上，然后用右手抚摸着："瞧瞧这手！……”

细米扭脸很厌恶地瞪着丁大奶奶。

丁大奶奶看到了细米：“小子，长大了娶媳妇，就娶一个长了这么一双手的姑娘。”

细米掉头，藏到了许多大人的背后。

老人们笑起来。

绾红手帕的女孩儿笑着，扭头看着细米用劲钻进人堆里。

红藕将一双手藏到了身后，然后用左手悄悄摸了摸右手，又用右手悄悄摸了摸左手。

毛胡子队长站在一个石墩上，大声叫道：“别说话了！……现在，我要把她们分到各家去。下面我念名单，念到谁，谁就走出来。周阿三！……”

人群里走出周阿三。

毛胡子队长转向女孩儿们：“苏婷婷，你住到周阿三家。”

“李树根！”

走出了李树根。

“柳晓月，你住到李树根家。”

“邱月富！”

“在这儿。”

“草凝，你住到邱月富家。”

……

随着女孩儿们一个一个被叫出，细米的心像被一只手握着并且慢慢地攥紧。透过偶尔漏出的人群的缝隙，他看到了绾红手帕的女孩儿仍然站在原来的位置上。

随着女孩儿们一个一个地从她身边离去，她似乎显得有点孤单起来。她开始不时地转着头，又是一副寻找什么的神态——事实上，当大船一靠码头以后，她就经常露出这样的神态。

红藕家也领得了一个女孩儿。她正高兴地与那个女孩儿手拉着手走到一边去。

细米背对着人群的中央，在人群中蹲了下去。

翘翘也蹲了下去，但却不住地朝人群中间张望着。

毛胡子队长还在大声叫着人名：“周金奎！”

“来啦！”

“韩巴琴，你住到周金奎家。”

……

细米禁不住扭头看了一眼，看见人群中央的女孩儿们只剩下两三个了。他用双手捂住了自己的耳朵。当他再度扭过头来看时，发现就只剩下绾红手帕的女孩儿了。他歪头看着，双手仍然紧紧地捂住双耳，像是一个孩子在躲避离他不远的爆竹声。

毛胡子队长不再叫人的名字了，就将绾红手帕的女孩儿独自一人留在那儿，在清点小本子上的名单。

那些家里没有分到女孩儿的孩子们，或是爬在树上，或是挤到人群的中央，一个个脸上都是企盼与紧张。

毛胡子队长与几个人嘀嘀咕咕地合计了一会儿，用手指敲了敲小本子，转而冲着人群：

"朱黑子！"

无人应答。

"朱黑子！"

三鼻涕从一个草垛顶上跳了下来，在地上摔了一个跟头之后，爬起来，大声回答："在这儿！"

毛胡子队长看了一眼三鼻涕，没有理会，依然大声喊："朱黑子！”

三鼻涕说：“我爸抓鱼去了！”

“那你代你老子。”

“梅纹！”

绾红手帕的女孩儿抬起头，望着毛胡子队长。

毛胡子队长对她说：“你跟这个孩子去他家。”

人群稀落下来，已没有多少人再挡住细米与她。

三鼻涕高兴地在地上蹦了蹦，扔掉了手中的另一只鞋，朝那些还站在那儿等待的孩子得意地笑了笑，然后，大摇大摆地朝那个叫梅纹的女孩儿的皮箱走去。

就当三鼻涕的手马上要碰到地上的皮箱时，细米突然从地上弹起，转而冲过去，推开三鼻涕，一把抓住了皮箱的箱把。

三鼻涕说：“她分到我家了！”

毛胡子队长说：“三鼻涕，还不快领着人家回去！”

细米这才意识到自己的荒唐，将手松开了，低着头退到一边。他觉得眼泪马上就要冲了出来，赶紧走向一个草垛。在这段距离里，他使劲将眼泪憋了回去。

梅纹一直看着细米的背影。

翘翘一直跟着细米，不时地回过头看看。

细米走到草垛下，掉过头来时，他看到梅纹无奈而歉意地朝他微笑着。

三鼻涕拎起了皮箱。

梅纹将一只胳膊放在三鼻涕的肩上，又看了一眼细米，便和三鼻涕一道往三鼻涕家所在的那个村巷的巷口走去。

细米站在草垛下。他什么感觉也没有，直到梅纹走进巷口、停住脚步又回头向他看了一眼时，心里这才感到无比的失落与悲哀。

人已全部散去，河岸上就只剩下细米和他的狗。不久前还人声鼎沸的河岸，此刻已鸦雀无声。

太阳西坠，天色渐渐暗淡。来自远处的放鸭人，撑着小船，正赶着鸭群，缓慢地但却不停顿地行进在大河上。已经吃饱了小鱼小虾或是螺蛳的鸭们，也已无心再顾及新见的食物，与主人的心思一样，只顾往远处的家游去。通往村子的路上，放牛人、放羊人也正在赶着牛赶着羊，不紧不慢地往各自的牛栏与羊圈走。

河岸边，那只空船无声无息地随着水波的起落而起落，好像热闹了一天，此刻有点困倦了。

已有人家的烟囱里冒出炊烟，随风飘到了大河的上空。

细米心情落寞，将两只手插在裤兜里，开始往家走。肚子饿扁了，裤子有点往下掉，裤管耷拉在脚面上。鞋壳里因灌了水，每走一步，都要发出“吧唧”一声。

“吧唧”“吧唧”……黄昏里，这空洞而单调的声音，在晚饭前的安静里，向村巷里传播着……

3

这顿晚饭，细米是心不在焉地吃完的，那饭菜仿佛不是吃到了他的嘴里，而是拨拉到了一个与他毫不相干的地方。爸爸妈妈都吃完很久了，他还没丢碗。

女教师林秀穗进屋来向细米的妈妈借什么东西，见了细米，对细米的妈妈说：“细米好像有什么心事。”

妈妈说：“从河边上回家后，就一直这样。”

林秀穗问："细米，你怎么啦？"

细米拨拉着碗里的饭，不作回答。

妈妈说："长耳朵了吗？林老师问你哪！"

细米将碗向桌子中间猛一推："我没有什么，我没有什么……"眼睛里却憋不住滚出泪来，随即，用手背擦着眼泪，一边向里屋走去，一边嘴里还在很生气地说着，"我没有什么，我没有什么……"

妈妈望着他走进里屋，疑惑地看着林秀穗："这死孩子今天怎么了？"

林秀穗摇摇头——她也不明白。

细米进了里屋，从书包里掏出文具盒打开，取出一把刻刀，对着桌子，毫不珍惜地刻将起来，一刀一刀，都狠狠地。随着"咔嚓咔嚓"的声音，桌面上很快就泛起一堆看上去很新鲜的木屑。

妈妈进来了，见细米在刻桌子，指着他道："昨天才打过你，你怎么又忘了？"

细米不理会妈妈，继续刻。

妈妈跑过来，一把夺过细米手中的刻刀，随即将它扔到窗外的草丛里：“刻！刻！刻不死你！”

细米叫着：“就刻！就刻！”一边叫着，一边流着泪往门外跑去。

妈妈心疼地看着那张为细米学习特地准备下的桌子——那上面已没有多少好地方了，几乎到处都被细米用刀刻过。她叹息了一声：“这孩子不知得什么病了，一天不刻东西，就一天手痒痒，照这样刻下去，总有一天要刻到人身上。”

妈妈心里生着气，但目光还是禁不住地被桌上刻着的那些图案吸引住了。那上面有鸡，有鸭，有山羊与驴子；有燕子，有鸽子，有乌鸦与鹤；有大人，有小孩，有男人与女人。所有这些形象，都很杂乱地混在一起。有一阵，妈妈看着这些图像，竟然忘记了生气——妈妈已许多次这样了。当然，妈妈最后还是生气，生很大的气。

细米跑到了院门口。他百无聊赖地倚在门框上，抬头望着一牙月亮。要是在往常，他饭后最喜欢做的一件事就是跑到后面的村子里去找三鼻涕他们在村巷里打架或做各种各样的游戏。但今天，他没有这个心情。他觉得今天的月亮也很淡漠，看了一阵，就不再看了。他的手在院墙上摸索着。墙上有一块活动的砖头，他将它取下，伸手进去，一下就取出一把刻刀来。他到处藏着刻刀，猫洞里，门头上，褥子底下，教室的课桌里……到处都有他的刻刀，各种各样的刻刀。他到底有多少刻刀，连他自己都搞不清楚。由于藏的地方太多，有一些他都忘了，突然有一天，他会想起来，心里就会很高兴。妈妈扔了他许多刻刀，单往河里就扔过四五把。

他举起刻刀在月光下看了看，觉得刀口不够亮，就在院门的石头台阶上磨起来。磨了一阵，觉得它可能已经足够锋利了，才住手。他又将刻刀举在月光下看了看，然后借着从屋里漏出的灯光，又在院门上刻起来——两扇院门上，已经有了许多图案了。他要将三鼻涕刻在上面，要刻出他那两道长长的鼻涕。“咔嚓咔嚓”，木屑纷纷飘落下来。

妈妈站在门口：“你怎么又刻啦？”转身跑回屋里。

细米知道，过不一会儿，妈妈就会拿一个笤帚疙瘩或一把鸡毛掸子或干脆就是棍子跑过来。他立即将刀放回洞里，并迅捷将那块活动的砖头放回原处，转身跑掉了。

妈妈冲到院门口时，连细米的人影也没见着。她冲着夜色发狠："总有一天要把你的手砍掉！"

细米穿过门前的菜园，跳过一道栅栏，然后走过一片白杨树林，来到了荷塘边。

很快就要进入夏季，荷塘里已经长满了荷叶。

细米坐在荷塘边，将双脚浸泡在凉丝丝的水中。有小鱼过来吮他的脚指头，他觉得很舒服，身体向后仰去，然后只用双臂撑在地上，任由小鱼们去吮。此刻，他忘记了白天的失落与悲哀，他甚至有要大声唱歌或喊叫歌谣的欲望——

亮月子呀，

亮堂堂呀，

我搀奶奶上茅缸呀，

茅缸上有个壁虎子呀，

摸了奶奶的瘪肚子呀……

他冲着月亮，仰天胡叫，并故意用了一种嘶哑的声音。他叫了一遍又一遍，声音越来越嘶哑。

在办公室里批改作业的老师或是正在宿舍里做些什么的老师，都被细米的喊叫声逗笑了。他们悄悄走到户外，都不去惊动他，只是听着。

细米越喊越兴奋，越喊越来劲，越喊越有节奏。喊到后来，他站了起来，像演戏似的，在荷塘边一边喊，还一边很夸张地做着动作。

林秀穗终于憋不住，“噗哧”一声笑了：“细米，你在喊什么呀？”

细米的声音像本来正猛劲喷发的自来水突然被人关死了龙头一样，一下子停了下来。

细米再坐下来时，两道泪水已从鼻梁的两侧流淌下来……

4

第二天的稻香渡中学，继续着昨天的兴奋。从初一班到初三班，从老师到同学，所有的话题都与新来的女知青有关。

初一班的教室里，就一直未能平静下来。

只有细米一人，闷声不响地坐在课桌前。他不想干别的，只想在桌面上刻些什么，然而，同学们你一言我一语的说话声，总是干扰着他——他似乎也很想听到他们在说些什么。

“分到我们家的，她会吹口琴。”周大国说完，抓起一本书，当着口琴放在嘴边吹着，结果发出“噗噗”声，放屁似的，引得大家哄堂大笑。

红藕说：“分到我们家的，她有好多好多、特别特别好看的发卡！”说完，从头上取下一支漂亮的发卡来，托在手掌上，“她送我的。”

女孩儿们就“呼啦”一下将红藕围住了：“真好看哎。”“让我戴一下。”“也让我戴一下。”……

三鼻涕跳到凳子上：“你们昨天都看见了，分到我们家的，是最漂亮最漂亮的。我妈说她像天仙。”他摇头晃脑，“她会唱歌，我听见啦！我妈也听见啦！我爸也听见啦！我姐……”他终于发现自己实在有点啰唆，“我们全家都听见啦！当时，我……我都不敢吸鼻涕!”

教室里又是一阵哄堂大笑。

细米掉头瞥了三鼻涕一眼。

三鼻涕朝细米扬扬得意地一仰脖子，然后跳到课桌上走来走去，他一脚踩到了桌子的边沿，桌子翻了，他被重重地摔在了地上。

细米看着他，然后很夸张地大笑起来。

三鼻涕爬起来，转过身去，朝细米拍了拍屁股上的灰，将灰“嘭”地拍到了细米的脸上，然后回过头来，冲着细米说：“这有什么呀！反正我们家分得了一个最漂亮最漂亮的!”说完，将双手背在身后，沿着课桌间的过道走来走去，并大声喊叫：

树上的叶子树上的花，
树上的叶子就是我的家。
风也吹，雷也打，
太阳落进大河我回家。
妈妈给我三分钱，

买一根针，买一团线，

买根红绳给我姐姐梳小辫。

小辫长，小辫短，

我家姐姐是花一朵……

细米咬牙切齿地望着三鼻涕，心里说：三鼻涕，你等着！

中午放学后，细米第一个走出教室，不回家，却急急忙忙朝校园外走去……

过了一会儿，三鼻涕走过来了。

细米横躺在路上，将头枕在书包上，两腿交叉着，在中午的阳光下晒着，一副很慵懒的样子。

三鼻涕的脚步声渐渐近了。

细米犹如一只晒翅膀的大鸟，突然将双臂展开，望着太阳喊叫起来：

树上的叶子树上的花，

树上的叶子就是我的家。

风也吹，雷也打，
太阳落进大河我回家。
妈妈给我三分钱，
买一根针，买一团线，
买根红绳给我姐姐梳小辫。
小辫长，小辫短，
我家姐姐是花一朵……

三鼻涕说：“这是我念的。”

细米依然躺在那儿：“我就不可再念吗？”

三鼻涕说：“反正我已经念过了。”

往常，三鼻涕在细米面前几乎就是一个跟屁虫，但现在的三鼻涕已牛得不像话了，已根本不将细米放在眼里了。三鼻涕的牛气冲天，让细米非常恼火。他躺在那儿动也不动，像个死人。

“我要走路。”三鼻涕说。

细米闭起双眼。

“我要走路！”

细米打起呼噜，并且越打越响。

三鼻涕轻声说了一句：“好狗不挡道。”说罢，纵身一跃，竟然从细米身上跳了过去。

细米立即坐起来，狠狠地读出三个字来：“三鼻涕！”

三鼻涕掉过头来，说：“杜细米，你听着！从今以后，我再也不准你叫我三鼻涕，你必须叫我朱金根！”

“朱金根？朱金根是谁？”

“我！”

细米站了起来：“臭三鼻涕！”

三鼻涕走过来，竟然朝细米挥起了拳头。

细米先是大吃一惊，随即，挑衅性地冲着三鼻涕：“你有种就把拳头打下来！”

三鼻涕面对着细米，举着拳头半天，却不敢落下。因思量着这拳头能不能落下，那两道鼻涕就又趁机跑了出来。

细米讥讽地笑了。

三鼻涕吸回鼻涕，不想与细米啰唆，掉头要往家走，细米用脚使了一个绊儿，将他摔倒了。

三鼻涕骂了一句，从地上爬起来，一拳就砸在了细米的脸上。

细米正憋着想打架呢，一把揪住了三鼻涕一头的好头发，脚下一勾，像放倒一个草把一样，将三鼻涕放倒在地上。

三鼻涕再度爬起来，再度挥拳，然后是被细米再度放倒，直到再也爬不起来。

“还打不打了？”细米甩了甩脑袋，抖落下一片汗珠，问。

三鼻涕稀软地躺在地上。

“不打，我就回家了。”说罢，拿起书包往回走，又大声喊叫起来：

树上的叶子树上的花，

树上的叶子就是我的家……

他听到后面有股风声，还没来得及转过身来，三鼻涕已“啊”的一声吼叫，一头撞在了他的腰上，他控制不住地向前扑去，随即“咕咚”一声被撞进了路边的大水塘里。书包飞起时，里面的书本也都飞了出来，落进水中。

细米冒出水面后，双手抓住塘边的芦苇，迅捷爬上岸来，与三鼻涕扭打了一阵，将三鼻涕也掀翻到水塘里。

后来，三鼻涕三次将细米推入或撞入水塘，而细米则五次将三鼻涕打落水塘。

细米从水塘里捞起书本，胡乱地装入书包后，对抓着芦苇还没有从水塘里爬上来的三鼻涕说："你们家不就分了个女知青嘛，有什么了不起的！"

三鼻涕的回答有点可笑："你们家有什么了不起的，你爸不就是校长吗？"

细米蹲下来，拍了拍三鼻涕潮湿的脑袋说："我走了。"

"你走呗。"

"那我走了。"细米将还在不住地滴水的书包往肩后一甩，朝家走去。他一边走，一边大声喊叫：

树上的叶子树上的花，

树上的叶子就是我的家。

风也吹，雷也打。

太阳落进大河我回家。

妈妈给我三分钱，

买一根针，买一团线，

买根红绳给我姐姐梳小辫。

小辫长，小辫短，

我家姐姐是花一朵……

三鼻涕看到一条小鱼从他眼前游过，将双手潜在水中跟着，然后突然一捧，水漏尽，那小鱼却留在了手中。听着细米的喊叫，他对手中蹦跳的小鱼说：“有什么了不起，是我早念过了的！”

5

一个星期之后的一天傍晚，细米站在田野上的一架风车的巨大转盘上，正在往粗硬的中轴上刻一组有关他班上同学的图案，翘翘从麦田斜刺里向他跑来。细米看到，它穿过麦地时，麦子“哗啦啦”分向两边，像是一条大鱼在浅水中急游而划破了水面。

翘翘“呼哧呼哧”地跑到了风车下，就一口咬住细米的裤管拼命往下拉。

“狗，狗，你怎么啦?”

翘翘冲着家的方向大声汪汪。

“回家吧，回家吧，别嚷嚷了，我还要再刻一会儿呢。”

翘翘又咬住了细米的裤管，并且更加用力地撕扯着他。

“大概是妈妈要我回家了。”细米只好将一把刻刀藏在大转盘的一道缝隙里，跟着翘翘回了家。当他双手将院门推开时，他在门口定定地站住了：

在院子里那株很大的栀子树下，竟站着那个叫梅纹的女孩儿!

柔和的夕阳，正越过院子的矮墙照进院子。当时，栀子树正开着一树的白花，还有许多绿色与白色相间的花骨朵像一支支小蜡烛很神气地竖在叶间。

她的肤色竟然与栀子花的颜色十分相似。

她的身边，放着那只曾被细米丢进大河的皮箱。

她微微踮起脚来，去闻一朵开了一半还有一半未开的栀子花。

妈妈先看到了细米，说：“我家细米回来了。”

梅纹掉过头来，望着细米，一点也不惊讶，朝他微笑。

细米一时手足无措，双手扶着门框，侧着身子，仅用一只眼睛看着院子里的情景。

妈妈说："这孩子从来就害臊，怕见生人。"然后冲着细米，"进来！没人吃你！"

细米磨磨蹭蹭地走进院子。

妈妈说："三鼻涕他大哥打部队复员了，再过两三天就回到家了。他家那间空房是留给他大哥结婚用的。他大哥一回来，很快就要结婚。三鼻涕他爸本来就不怎么乐意让人住。"她一指栅栏那边，"我家有空房，你爸学校也有空房，你爸学校的空房又大又好。队里，学校，都说好了，你梅纹姐姐算我们家人了，住你爸学校的空房，跟我们一起吃饭。这有多好，你也有个姐姐了，叫姐姐呀。"

细米却不叫。

妈妈说："这孩子从小就不肯叫人。我去拿笤帚、抹布把那房间好好打扫一下。"说罢，进屋去了。

梅纹望着栀子花树，说："这花，真好看。"

细米进屋拿了一把剪刀，搬了一张凳子出来。他站到凳子上，低头用眼神问梅纹：最喜欢哪一支？

梅纹用手指着深深藏在绿叶里的那一支。

细米将它很小心地剪下，交给了她。

她取下发卡，用两排细白的牙轻轻地咬住，等把栀子花在头发里插好，用左手暂且将它稳住，然后用右手从嘴里取下发卡，将花与头发别在了一起。

妈妈站在门口看着。

梅纹问妈妈："好看吗？"

妈妈说："你怕是戴什么花都好看。"

细米会一辈子记住这个日子。

（节选自长篇小说《细米》）